Die seltsame Wandlung
des Arthur Hoffmann.

A l e x a n d e r   L u d w i g

Die seltsame Wandlung des Arthur Hoffmann.

VERLAG GEBRÜDER KORNMAYER

© 2010 Verlag Gebrüder Kornmayer
www.kornmayer-verlag.de
ISBN 978-3-942051-04-0

Autor: Alexander Ludwig
Titelgestaltung: Benjamin Lommel
Satz & Layout: Gebrüder Kornmayer
Lektorat: Angelika Radloff
Druck: TZ-Verlag, Roßdorf

Deutsche Bibliothek – CIP-Einheitsaufnahme. Ein Titelsatz dieser Publikation ist bei der-Deutschen Bibliothek (Frankfurt) erhältlich.

„Jeder Mensch ist ein Clown,
nur wenige haben den Mut,
es zu zeigen."

Charlie Rivel

Prolog

Es würden Köpfe rollen. So viel stand fest. Mit jedem Tag verlor die Bank mehr Kunden. Und dann die Medien. Fernsehen, Zeitungen, Radio – alle berichteten über diesen... diesen Schwachsinnigen... über diesen... diesen Clown. Was für ein PR-Desaster!

Gerade hatte er die neuen Zahlen über die Kundenabgänge erhalten. Es fiel ihm schwer, die Fassung zu bewahren. Jetzt stand er am Fenster im obersten Stockwerk eines über zweihundert Meter hohen Glaspalastes und ließ seinen Blick über Frankfurt schweifen. Hinunter auf eine Stadt, deren Menschen keine Lust mehr hatten, Kunden seiner Bank zu sein. Er hätte auf beinahe jede andere Stadt in Deutschland blicken können, das Ergebnis wäre das Gleiche gewesen.
Überall kündigten die Leute ihre Konten und zogen ihr Geld ab. Wahnsinn! Absoluter Wahnsinn!
„Herr Vorstandsvorsitzender, die Konferenz beginnt in fünf Minuten."
Die Stimme der Sekretärin drang leise und mit spürbarer Vorsicht in das riesige Arbeitszimmer ihres Chefs. Er ging zurück zum Schreibtisch, nahm die Akte mit den neuesten Zahlen und verließ das Büro.

Es würden Köpfe rollen. Dafür würde er sorgen. Höchstpersönlich!

Als er den Konferenzraum betrat, brachen alle Gespräche ab. Keiner der hoch bezahlten Manager wagte den Augenkontakt. Die plötzliche Stille im Raum war kalt.
Der Vorstandsvorsitzende sparte sich die Begrüßung.
Jetzt galt es zu handeln. Mit aller Konsequenz.
Es würden Köpfe rollen. Aber zunächst wollte er wissen, wie das alles überhaupt hatte geschehen können.

1. Kapitel

Heute war Dienstag. Der Tag des mittelgrauen Anzugs. Montags dunkelgrau, dienstags mittelgrau und mittwochs hellgrau. Und dann wieder von vorne. Donnerstags dunkelgrau, freitags mittelgrau und Schluss. Dann war Wochenende. Kein Anzug. Arthur Hoffmann würde eine Cordhose und ein Flanellhemd tragen.
Drei Anzüge waren nicht gerade viel für einen Bankangestellten, aber durchaus genug.
Arthur Hoffmann hatte nicht nur drei Anzüge, sondern auch vier Krawatten. Zwei rote und zwei blaue. Er wählte heute eine der roten. Die etwas dunklere der beiden. Die Wahl unterlag nicht dem Wochentag oder einem bestimmten Ritual, und der Farbton war auch nicht auf den mittelgrauen Anzug abgestimmt. Alle vier Krawatten passten zu allen drei Anzügen. Es war eine spontane Wahl. Er hätte sich genauso gut für die hellblaue Krawatte entscheiden können, nicht aber für die dunkelblau gemusterte, denn die hatte er bereits gestern getragen, am Montag, dem Tag des dunkelgrauen Anzugs.

Der Blick in den Spiegel belegte, Anzug und Krawatte saßen wie gewohnt perfekt. Arthur Hoffmann sah im Spiegel das Bild eines zweiundvierzigjährigen Mannes mit akkurat gezogenem Scheitel. Die Haare graumeliert. Das Gesicht glatt rasiert. Es gab nichts zu beanstanden.

Die Uhr zeigte viertel vor acht. Zeit für den Kaffee. Die Kaffeemaschine hatte ihre Arbeit bereits getan. Der Duft strömte durch die Wohnung. Er ging in die Küche und trank eine Tasse. Schwarz, keine Milch, kein Zucker. Dann war es Zeit zu gehen.
Arthur Hoffmann ging das Treppenhaus hinunter und trat ins Freie. Der Himmel war so mittelgrau wie sein Anzug. Er zog die Frankfurter Allgemeine aus dem Briefkasten und verstaute sie in seiner schwarzen Aktentasche.
Sein Weg führte ihn durch eine idyllische Straße mit alten Bäumen und braven Vorgärten, bis er nach wenigen Schritten die Unterführung zur U-Bahn erreichte. Die vielen Graffitis an der Decke und zum Teil auch an den Wänden wirkten wie bunte Wutanfälle, doch Arthur Hoffmann nahm sie schon lange nicht mehr wahr.
Er durchquerte die Unterführung mit gewohnten Schritten und erreichte schließlich den Bahnsteig der U-Bahn-Haltestelle Hügelstraße. Seit Jahren fuhren um diese Zeit dieselben Leute mit der U-Bahn zur Arbeit. Man kannte sich, aber man grüßte sich nicht.

Als die Bahn einfuhr, stiegen keine Menschen aus, aber dafür viele ein. Jeden Morgen verschluckten die öffentlichen Verkehrsmittel die Menschen, um sie in der Frankfurter Innenstadt wieder auszuspeien, damit sie dort ihrer Arbeit nachgehen konnten.
Arthur Hoffmann sah einen freien Platz und setzte sich schnell, damit ihm kein anderer zuvorkam. Dann

holte er mit gewohnten Bewegungen die Zeitung aus der Aktentasche und studierte die Meldungen.
Das Übliche. Anschläge und Tote im Ausland. Arbeitslosenzahlen in Deutschland. Die Opposition beschimpft die Regierung.
„Nächste Station: Hauptwache!“ Die Stimme der freundlichen Dame vom Band machte ihn darauf aufmerksam, dass er aussteigen musste. Die Türen öffneten sich, und ein Strom von Menschen bewegte sich aus der Bahn heraus, den unterirdischen Bahnsteig entlang, die Rolltreppen hoch, in die Zwischenebene mit Schnellrestaurants und Geschäften, deren Angebote sämtliche Wünsche der Pendler erfüllten.
Ab dann wuselten alle wie in einem riesigen Ameisenhaufen in unterschiedliche Richtungen davon. Jeder mit einem Ziel, von dem die anderen nichts wussten und auch nichts wissen wollten.
Arthur Hoffmann gelangte über eine weitere Rolltreppe ins Freie und befand sich in der Frankfurter Innenstadt. Er ging an der Katharinenkirche vorbei, überquerte noch eine Straße und stand schließlich am Hintereingang seiner Bankfiliale am Friedrich-Stoltze-Platz.
Der Duft von frisch gebackenen Brötchen aus einem benachbarten Café lag in der Luft. Ein Trupp Straßenfeger überquerte laut diskutierend den Platz.
Doch von all dem nahm Artuhr Hoffmann kaum etwas wahr. Routiniert holte er seine Schlüssel hervor und betrat die Bank. Acht Uhr zwanzig. Seine Kollegen waren bereits da.
„Guten Morgen“, sagte er freundlich.

Wilhelm Cremer, der Filialleiter, antwortete nicht. Vielmehr schaute er demonstrativ auf seine Uhr am Handgelenk. Er mochte es nicht, wenn seine Mitarbeiter erst nach acht Uhr fünfzehn in der Bank erschienen, als wären sie mal eben zufällig vorbeigekommen.

Jetzt war es schon acht Uhr einundzwanzig, also nur neun Minuten bis zur Öffnung der Filiale, und bis dahin gab es schließlich noch viel zu tun.

Jeder Mitarbeiter hatte seinen Platz einzunehmen, und alle Vorbereitungen mussten um Punkt acht Uhr dreißig abgeschlossen zu sein. Das würde man ja wohl noch erwarten dürfen.

Ein verhuschtes „Morgen“ kam aus der Ecke. Arthur Hoffmann sah Maria Leitner an der Kaffeemaschine stehen. Sie trug ein rosa Kostüm, das seiden glänzte; und dank ihres erheblichen Körpervolumens sah sie aus wie ein in Cellophan eingepacktes Bonbon.

Als er zu ihr hinüber lächelte, wich sie seinem Blick aus und wurde rot, wie jedes Mal, wenn sie jemand ansah oder ansprach.

Sie war für den Service am Schalter zuständig, stempelte Überweisungen ab und übergab auf Anfrage Broschüren mit Titeln wie „Sorglos mit 60“ oder „Heute kaufen, morgen zahlen“. Ihre Aufgabe führte dazu, dass sie eigentlich immer einen roten Kopf hatte.

„Morgen, alter Junge.“ Das war Thilo Teich, der Kundenberater. „Na, mit wem haben wir heute so lange im Bett gelegen?“

Arthur ging auf diese Anspielung nicht ein, denn sie war so unverschämt wie Thilo Teich selbst. Es war typisch für ihn, jede noch so kleine Begebenheit mit anzüglichen Scherzen zu versehen und schmierig zu grinsen. Arthur mochte Thilo Teich nicht. Typen wie er waren ihm zuwider.
Teich brüstete sich damit, ein exzellenter Verkäufer zu sein, und das war er tatsächlich. Er hatte es sogar einmal geschafft, einer achtzigjährigen Oma einen Sparplan zur Altersvorsorge zu verkaufen. Das war sein Meisterstück, wie er selbst gern und oft betonte. Cremer hatte ihm dafür sogar noch gratuliert. Arthur erinnerte sich ganz genau, wie Cremer Teich die Hand geschüttelt und ihm auf die Schulter geklopft hatte. Arthur hatte sich damals für seine Bank geschämt.

Mit seinem Schlüssel öffnete Cremer den Tresor. Gemeinsam mit Arthur trug er nun das Geld in den mit Panzerglas gesicherten Kassenbereich.
Als alle Scheine und Münzen eingeräumt waren, nahm Arthur Hoffmann hier seinen Platz ein. Maria Leitner stand am Schalter, und Thilo Teich setzte sich an den kleinen Schreibtisch, an dem die Beratungsgespräche geführt wurden.
Es war soweit. Alle Blicke richteten sich auf Cremer. Der Filialleiter steckte den Schlüssel ins Schloss der Eingangstür, öffnete aber noch nicht. Es waren noch genau 46 Sekunden Zeit. Stille. Niemand rührte sich. Nicht einmal ein Atmen war zu hören.
Cremer sah aus wie in Totenstarre. Die rechte Hand ruhte auf dem Schlüssel, der im Schloss steckte. Sein

Blick war konzentriert auf seine Armbanduhr gerichtet. Ein Prozedere, das jeden Morgen so stattfand und das Arthur, auch nach all den Jahren, albern fand. Schließlich ging es nur darum, die Bankfiliale zu öffnen und nicht eine Rakete zum Mars zu starten. Gleich würde sein Chef wieder sagen „und 20“.
„Und 20“, sagte Cremer mit entschlossener Miene. „Und 10 … und 5 …jetzt.“
Cremer drehte den Schlüssel um. Mit einem lauten Klacken meldete das Schloss den Vollzug der Filialöffnung. Es geschah, was immer geschah – nichts.

2. Kapitel

Mittwoch, der Tag des hellgrauen Anzugs, verlief zunächst wie alle anderen Tage. Nicht nur wie alle anderen Tage dieser Woche, sondern auch wie alle anderen Tage der Woche davor und der Monate davor und der Jahre davor.
Arthur Hoffmanns Leben bestand aus den immer gleichen Gewohnheiten und Abläufen. In den ersten Jahren als Bankangestellter genoss er das sogar. Er mochte die Abwechslung nicht. Wenn er morgens aufwachte, wusste er, was auf ihn zukam, denn die Anforderungen seiner Arbeit änderten sich nicht. Es gab keine unangenehmen Überraschungen. Arthur war der Überzeugung, dass Routine dem Menschen inneres Gleichgewicht verlieh.
Er beherrschte seinen Beruf als Kassierer wie ein erfahrener Pilot sein Flugzeug. Er wusste alles, was man wissen muss, und fühlte sich dadurch sicher. Irgendwann dachte er nicht mehr darüber nach, dass sich die Tage glichen, als hätte man sie über einen Kopierer gezogen. Arthur funktionierte.

In den ganzen Jahren seiner Berufstätigkeit war er nur vier Tage krank gewesen. Einmal fehlte er zwei Tage, weil er sich den Magen verdorben hatte. Arthur musste ständig zur Toilette. Er hatte also keine andere Wahl, als zuhause zu bleiben.
Das andere Mal hatte er eine starke Erkältung mit Fieber. Sein Arzt bestand auf eine Woche Bettruhe,

doch Arthur war nach zwei Tagen bereits wieder in der Bank. Angeschlagen, aber froh, dass alles wieder seinen gewohnten Lauf nahm.
Auch Cremer war damals froh, dass Arthur seinen Platz im Kassenbereich so schnell wie möglich wieder einnahm, jedoch hielt er immer zwei Meter Abstand, um sich nicht anzustecken.

Das einzige, was Arthur Hoffmann manchmal vermisste, war eine Frau. Aber da er nie ausging, lernte er auch keine kennen. Er war schüchtern, was er sich allerdings nur ungern eingestand, denn er sah in sich das Bild eines Mannes, der mit beinahe allen Menschen gut umzugehen verstand. Schließlich war diese Gabe Bestandteil seines Berufs, und da musste er sich von niemandem etwas vormachen lassen.

Doch die Sicherheit, die er aus seinem Alltag und seinen Gewohnheiten schöpfte, war in Gefahr. Zwar hatte er wie immer alles im Griff. Volle Kontrolle sozusagen. Dennoch gab es da etwas, das sich in ihm regte, wofür er keine Erklärung hatte. Ein gewisses Rumoren. Irgendetwas in seinem Inneren, das sich meldete, das Aufmerksamkeit verlangte.
Zunächst versuchte er es zu ignorieren. Schließlich konnte es sich nicht um mehr als eine Laune handeln.
Das Verdrängen gelang auch eine ganze Weile recht gut. Aber jetzt war es wieder da, dieses Rumoren, und es ließ sich nicht abschütteln. Arthur konnte nicht genau sagen, was es war. Es fühlte sich an wie eine leise

Unzufriedenheit, die aber natürlich jeder Grundlage entbehrte, wie Arthur sofort zu wissen glaubte. Oder fühlte es sich eher an wie Heimweh? Es war einfach nicht zu definieren. Aber es war da. Und es verursachte immer wieder eine latente Übelkeit.

Als er es das erste Mal wahrnahm, war es wie eine Momentaufnahme. Ein kurzes Klicken, und dann war es auch schon wieder vorbei. Doch aus dem Klicken wurde ganz allmählich ein Bild. Unscharf und in seinen Konturen nicht erkennbar. Dennoch war es da.
Das leise Rumoren wurde zu einem ständigen und lästigen Begleiter. Es machte sich breit, in seiner Wohnung, in der U-Bahn, in der Bank, abends vor dem Fernseher – in seinem Leben.
Dieses undefinierbare ungute Gefühl bedeckte alles mit einem hauchdünnen Schleier. Unsichtbar, aber immer da. Es nahm ihm seine Fröhlichkeit.
Nicht, dass Arthur Hoffmann tatsächlich ein fröhlicher Mensch war. Er lachte selten – eigentlich nie.

Wann hatte er das letzte Mal gelacht? Nicht gelächelt – gelacht. Richtig herzhaft gelacht. Befreiend gelacht. Sich geschüttelt vor Lachen. Nicht diese Art von Lachen, die sagt: Achtung, jetzt lachen, der Chef macht einen Witz. Nein, lachen aus Freude. Also wann?… Wann? … Er war nicht in der Lage zu sagen, wann er das letzte Mal aus Freude gelacht hatte. Er konnte sich einfach nicht erinnern. Gestern? Letzte Woche? Letzten Monat? Letztes Jahr?… Keine Antwort. Blackout.

So etwas sprach doch Bände, oder? Das konnte doch einfach nicht sein.
„Und ob es das kann. Zum letzten Mal. Ich möchte dreihundert Euro in Fünzig-Euro-Scheinen."
Erschrocken blickte Arthur in das Gesicht einer wütenden älteren Dame. Vor Empörung wackelte die labberige Haut unter ihrem Kinn wie bei einem alten Huhn. Ihre hohe Operettenstimme schrillte durch den Schalterraum.
„Schön, dass Sie endlich aufgewacht sind, junger Mann. Wenn Sie weiterhin so herumtrödeln, verlange ich Verzugszinsen von Ihrer Bank."

Er musste geträumt haben. Und nicht nur das. Er hatte auch noch laut vor sich hin gesprochen.
Cremer warf ihm einen strafenden Blick zu. Maria Leitner bekam einen hochroten Kopf und fixierte ein nicht vorhandenes Staubkorn am Boden, und Thilo Teich grinste demonstrativ in sich hinein.

„Entschuldigung... selbstverständlich... äh... dreihundert Euro in Fünfzig-Euro-Scheinen. Wenn Sie hier noch unterschreiben würden." Er nahm das Geld aus der Kasse, zählte laut und schob es durch die Öffnung unter der Panzerglasscheibe. Ohne ein Wort zu sagen, nahm die Frau das Geld und ging.

Arthurs Blick wanderte zu Cremer. Der schüttelte nur den Kopf.
Thilo Teich stand auf und schlenderte hinüber.

„Na, etwas verausgabt letzte Nacht? Das kenn' ich. Am nächsten Tag ist man dann nicht immer ganz bei der Sache. War sie es wenigstens wert?"
Auch das noch. Arthur drehte sich um und blätterte in irgendwelchen Unterlagen. Er hörte das schmierige Lachen Teichs hinter sich, der sich wieder in Richtung seines Schreibtischs bewegte. Dann war es still in der Filiale. Peinlich still. Keiner sagte etwas.

Ein Telefon klingelte. Maria Leitner wurde erneut rot und nahm den Hörer ab. Die Tür ging auf, und ein Ehepaar betrat den Raum. Teich erhob sich und begrüßte mit großen Theatergesten Herrn und Frau Leuschner zum Beratungstermin. Arthur atmete tief durch. Die Kollegen waren beschäftigt. Die Blicke hatten sich von ihm abgewandt. Alles war wieder gut.

3. Kapitel

Um es auf den Punkt zu bringen: Nichts war wieder gut für Arthur Hoffmann. Der Vorfall in der Bank beunruhigte ihn zutiefst. So etwas war ihm noch nie passiert. Er hatte die Kontrolle über sich verloren, und das war kein gutes Zeichen. Was war los mit ihm? Hing es mit dem Rumoren zusammen?
Hinzu kam, dass er die Frage nach seinem Lachen noch immer nicht beantwortetet hatte. Sie lag vor ihm wie ein unbearbeiteter Stapel Unterlagen.

In der U-Bahn, auf der Fahrt nach Hause, dachte er über den heutigen Vorfall nach. Gut, er hatte geträumt, war unkonzentriert und nicht bei der Sache. Das passierte doch Millionen von Menschen. Jeder war mal mit dem Kopf woanders, jeder – außer Arthur Hoffmann.
In zweiundzwanzig Berufsjahren hatte er sich noch nie von seinen eigenen Gedanken ablenken lassen. Er besaß die Fähigkeit, sich immer ganz auf das zu konzentrieren, was er gerade tat. Oder besser, es gab bisher keine Gedanken, die sich mit etwas anderem beschäftigten als mit seinem momentanen Tun.

Über was hätte er auch nachdenken sollen? Sein Leben war doch bestens geregelt. Er hatte eine kleine, schöne Zwei-Zimmer-Wohnung, einen guten Beruf, den er beherrschte, und einen klaren Lebensrhythmus, der dafür sorgte, dass er jeden Tag wusste, was er wann tun würde. Worüber sollte er also nachdenken? Was war auf einmal los mit ihm? Es musste mit diesem neuen Gefühl, diesem Rumoren zusammenhängen, dass er heute so unkonzentriert war.

An der U-Bahn-Haltestelle Hügelstraße stieg er aus, ging durch die Unterführung mit den Graffitis und bog nach etwa fünfzig Metern in die Fontanestraße ein. Er wohnte in einem unspektakulären, aber gepflegten Haus.
Arthur warf einen Blick in den Briefkasten und holte die üblichen Rechnungen und Werbebriefe hervor. Die Reklame warf er gleich in die Altpapiertonne neben den Briefkästen. Dann schloss er die Tür auf und ging die siebenundsechzig Stufen – er zählte immer mit – in den dritten Stock. Hier unter dem Dach wohnte Arthur Hoffmann zur Miete.

Nachdem er die Wohnungstür hinter sich geschlossen hatte, ging er ins Schlafzimmer, zog seinen hellgrauen Anzug aus und hängte ihn neben die anderen beiden Anzüge in den Schrank. Dunkelgrau, mittelgrau, hellgrau. Die Krawatte kam zu den anderen Krawatten über den Bügel. Das weiße Hemd landete im Wäschesack im Bad. Dann zog er sich einen dunkelblauen Jogginganzug an. Jetzt war er privat.

Die kleine Wohnung war einfach, aber gemütlich eingerichtet. Ein Bett, eine Kommode und ein Kleiderschrank im Schlafzimmer. Ein braunes Ledersofa, ein kleiner gläserner Beistelltisch und ein bequemer

Fernsehsessel, der in alle Richtungen verstellbar war, im Wohnzimmer.

Die Bilder an den Wänden zeigten Landschaften zu verschiedenen Jahreszeiten. Arthur hatte die Motive aus einem großen Wandkalender ausgeschnitten und dann mit einem Rahmen versehen. Es war weniger seine Leidenschaft für die Natur, die ihn zu diesen Bildern animiert hatte, als sein Gefühl, dass irgendetwas an den Wänden hängen sollte.

Er ging in die Küche und überlegte, was er sich zum Abendessen machen würde. Halb sechs. Es war eigentlich noch zu früh. Normalerweise aß er um acht zu Abend, wenn die Nachrichten im Fernsehen liefen.

Aber er konnte schon jetzt eine Kleinigkeit vertragen. Im Kühlschrank war frische Milch. Er goss sich ein Glas ein und nahm sich ein paar Kekse. Dann setzte er sich an den Küchentisch und trank einen Schluck. Die kalte Milch tat ihm gut.

Jetzt hatte er alle Gedanken wieder beisammen. Es war der richtige Zeitpunkt, sich seinem kleinen Problem zu stellen. Er würde nüchtern und mit klarem Kopf darüber nachdenken, zu einer Lösung kommen, und dann wäre es aus der Welt geschafft. Alles wäre wieder wie vorher, und in ein paar Wochen würde er sich wahrscheinlich schon gar nicht mehr daran erinnern.

Also gut. Wie fängt man am besten an? Nun ja, da war also dieses Gefühl, dieses Rumoren.

Was war damit? Eigentlich nichts. Es war einfach da. Woher kam es? Tja, wenn er das wüsste. Eines Tages war es plötzlich aufgetaucht. Vielleicht war es ja auch schon vorher da. Aber irgendwann hatte er es nun mal bemerkt.
Und jetzt? Keine Ahnung.
Halt, stopp, das führte zu nichts.

Wie sollte man nüchtern über Gefühle nachdenken und sie analysieren, wenn die Gefühle selbst nicht klar und nüchtern waren? Das war ein ungleicher Kampf, irgendwie unfair. Gefühle hielten sich einfach nicht an die Regeln. Und ohne Regeln funktionierte es nicht. In diesem Fall war die Situation sogar besonders kompliziert, denn das Rumoren war ja kein eindeutiges Gefühl.
Es gab eindeutige Gefühle wie Liebe, Hass oder Angst. Die ließen sich wenigstens einordnen. Sobald sich ein solches Gefühl breit machte, konnte man sagen, aha, ich habe also Angst vor der Dunkelheit. Das Gefühl war analysiert und man konnte zur Lösung übergehen. Zum Beispiel das Licht anmachen.
Oder man war in eine Frau verliebt. Dann konnte man zu ihr gehen und ihr einen Heiratsantrag machen.

Gefühle dieser Art gaben sich zu erkennen. Aber Arthurs Rumoren nicht. Es war ein durch und durch hinterlistiges Gefühl, eines, das sich nicht offen zeigte. Einfach feige und gemein.

So ergab das alles keinen Sinn. Es musste noch eine andere Möglichkeit geben, das Problem zu lösen.

Arthur trank noch einen Schluck kalte Milch. Was war mit seinem Lachen? Die Frage, wann er das letzte Mal gelacht hatte, war noch nicht beantwortet.
Also gut, wann hatte er das letzte Mal gelacht? Na bitte, das war doch was. Eine klare und eindeutige Frage. Und auf klare und eindeutige Fragen gab es auch klare und eindeutige Antworten. Unvorstellbar, dass eine solch harmlose Frage ihn heute Mittag in der Bank so aus der Bahn werfen konnte.
Dabei brauchte man doch nur ein bisschen nachzudenken und schon hatte man die Lösung.
Das Schönste war, die Antwort würde nicht aus vielen Worten bestehen. Keine heiße Luft, sozusagen. Es musste ein Datum geben, wann er das letzte Mal gelacht hatte. Alles ganz einfach. Ein Datum, eine Zahl würde das Problem lösen.
Das gefiel Arthur. Denn Zahlen logen nicht, nie. Zahlen waren methodisch, prüfbar, unmissverständlich – ganz nach Arthurs Geschmack.

Welche Zahl war die Antwort auf sein Lachen? Was war gestern für ein Datum? Der Neunzehnte. Gut, aber gestern hatte er nicht gelacht. Arthur überlegte. Er konnte sich einfach nicht erinnern.
Gab es denn irgendeinen Anlass? Vielleicht brachte das die Lösung. Er versuchte, sich an einen Anlass, an dem er normalerweise lachen würde, zu erinnern. In der Bank wurde nicht gelacht. Nie. Schließlich hatte

man als Bankangestellter die Verantwortung für das Geld anderer Menschen. Das war nicht zum Lachen, sondern erforderte Ernsthaftigkeit, Seriosität, Genauigkeit und Zuverlässigkeit.
Alles Begriffe, deren Bedeutung dieser schmierige Thilo Teich erst noch lernen musste, falls es nicht schon längst zu spät für ihn war.
Nein, die Bank war nicht der richtige Ort, um nach Arthurs Lachen zu suchen.

Was war da noch? Die Weihnachtsfeier, letztes Jahr. Nein, die war genauso langweilig wie alle anderen Weihnachtsfeiern davor. Schließlich war das ja auch eine berufliche Veranstaltung.
Heiligabend? Heiligabend verbrachte er mit seiner Mutter, die zunehmend unter Demenz litt.
Er holte sie aus dem Seniorenheim in Wiesbaden. Wie jedes Jahr machte er Rouladen, die er dann mehr oder weniger alleine aß, weil seine oft verwirrte Mutter mit vierundsiebzig Jahren nun mal nicht mehr den Appetit einer jungen Frau hatte.
Den Rest des Abends verbrachten sie beide vor dem Fernseher, den er jedes Jahr lauter stellen musste, da das Gehör der alten Dame immer schwächer wurde. Diese Abende waren alles andere als ein Grund zum Lachen.
Sein Geburtstag? Nein, seine Geburtstage verbrachte er alleine. Er mochte sowieso keine Geburtstage. Diese Gratulationen der Kollegen waren ihm peinlich.
Wofür gratulierte man eigentlich an einem Geburtstag? Dafür, dass man älter wurde? Was für ein Un-

sinn. Dafür, dass man einfach nur da war? Er hatte keine Antwort darauf.
Dennoch musste er zugeben, dass er sich an seinem Geburtstag auch mal etwas gönnte. Er ging dann abends essen. Zu seinem Lieblingsitaliener im Frankfurter Westend, dem „Ristorante Isoletta".
Da bestellte er eine gute Flasche Rotwein und trank sie bis zum letzten Tropfen aus.
Obwohl er alleine aß, kam es ihm nicht so vor. Die italienischen Kellner verstanden es einfach, ihm das Gefühl zu geben, als gehöre er zur Familie.
Man sprach ihn stets mit „Dottore" an und begrüßte und bediente ihn wie einen guten alten Freund.
Das war nett. Aber herzhaft lachen musste er an diesen Abenden nicht. Was blieb jetzt noch übrig? Nichts.
Moment, vielleicht gab es noch eine Möglichkeit. Jedes Jahr schenkte die Bank ihren Kunden einen Taschenkalender. Auch die Angestellten erhielten einen. Arthur hatte ihn immer bei sich, in der Innentasche seiner Jacke. Am Ende des Jahres warf er den Kalender nicht weg, sondern bewahrte ihn auf.
Er ging ins Schlafzimmer zur Kommode und öffnete die Schublade. Hier lagen alle Kalender der letzten Jahre. Er nahm sie heraus. Dann öffnete er den Kleiderschrank, griff in die Innentasche seines hellgrauen Anzugs und zog den aktuellen Kalender hervor.
Sein Blick fiel auf die in den Einband geprägte Jahreszahl, 2010. Er ging zurück in die Küche. Vor ihm lagen zwei Stapel Taschenkalender. Insgesamt zwanzig Stück. Von 2010 bis 1990.

Langsam begann er den aktuellen Kalender durchzublättern. Doch er fand keinen Eintrag. Seite um Seite schlug er um. Alle weiß.
Er blätterte immer schneller. Nichts. Halt, da stand doch was. Beinahe hätte er es übersehen.
Am 12. Februar gab es einen Eintrag. Mit rotem Kugelschreiber, in Druckbuchstaben GEBURTSTAG. Es war sein eigener.
Enttäuscht blätterte er weiter. Er fand noch eine Eintragung, die ihn an den Geburtstag seiner Mutter erinnern sollte, sonst nichts.
Es waren genau die beiden Einträge, die er am Anfang eines Jahres in einen neuen Taschenkalender übertrug. Er griff den nächsten Kalender. Das Ergebnis war dasselbe. Nur die bekannten zwei Einträge. So ging es weiter bis zum Jahr 1994. Dann brach er frustriert ab.

War sein Leben wirklich so ereignislos? Das Rumoren in ihm wurde stärker. Er trank einen Schluck kalte Milch.
Jetzt bloß nicht panisch werden. Noch ein Schluck Milch. Er suchte einen klaren Gedanken, an dem er sich festhalten konnte.
Arthur war jetzt zweiundvierzig Jahre alt. Wenn er für sich die durchschnittliche Lebenserwartung von ungefähr fünfundsiebzig Jahren ansetzte, gäbe es am Ende seines Lebens noch dreiunddreißig Taschenkalender mit zunächst zwei Einträgen und später nur noch einem. Zweifelsohne würde er seine Mutter überleben. Somit würde ein Eintrag wegfallen.

Arthur warf einen Blick auf die Küchenuhr an der Wand. Sieben Uhr. Er beschloss, nicht zu Abend zu essen. Der Appetit war ihm vergangen. Auf keine seiner Fragen hatte er eine Antwort gefunden.
Arthur Hoffmann legte die Kekspackung zurück in den Schrank und stellte das Glas in die Spüle.

Ratlos blieb er vor dem Stapel Taschenkalender stehen. Nach einem Moment nahm er alle zwanzig und warf sie in den Mülleimer. Dann ging er zu Bett, machte sofort das Licht aus und versuchte zu schlafen.

4. Kapitel

Der Donnerstag, der Tag des dunkelgrauen Anzugs, verlief glücklicherweise wieder wie gewohnt. Dieselben Gesichter in der U-Bahn, Herr Cremer öffnete die Filiale per Countdown, Frau Leitner wurde rot, und Thilo Teich machte seine schmierigen Witze, wenn kein Kunde in der Filiale war.

Arthur war zu seiner eigenen Überraschung erstaunlich ausgeglichen. Nach seiner kleinen Krise am gestrigen Abend hatte er die halbe Nacht wach gelegen, um dann erschöpft gegen drei Uhr morgens einzuschlafen. Dennoch fühlte er sich frisch und konnte sich gut auf seine Arbeit konzentrieren.

Sein Fehler von gestern wurde von niemandem erwähnt. Das gab ihm das Gefühl, dass alles gar nicht so schlimm gewesen war. Schließlich wird nichts so heiß gegessen, wie es gekocht wird.

In der Mittagspause ging Arthur zur Kleinmarkthalle. Hier reihte sich ein Marktstand an den anderen.

Die Luft war erfüllt vom Duft frischer Kräuter und Gewürze. Er liebte diesen Markt. Manchmal schlenderte er an den Ständen vorbei und betrachtete die Vielfalt der Waren, obwohl er gar nicht die Absicht hatte, etwas zu kaufen.

Zielstrebig steuerte er den Stand von Frau Schreiber an, wo es die beste Fleischwurst der Stadt gab. Er bestellte eine Wurst ohne Knoblauch. Schließlich war er im Dienst.

Nach dem Essen hatte er noch Zeit für einen kleinen Verdauungsspaziergang. Er bummelte am „Café Hauptwache“ vorbei und erreichte die Goethestraße. Diese Straße war das Revier derer, die sehen und gesehen werden wollten.
Börsianer mit gegelten Haaren eilten an den teuren Geschäften vorbei und sprachen hastig in ihre Mobiltelefone. Aus den Designerläden kamen junge Frauen mit luxuriösen Tüten und kleinen Hunden, während zwei Sportwagenfahrer lautstark um einen Parkplatz stritten.
Als es Zeit war, ging Arthur zurück in seine Filiale und nahm seinen gewohnten Platz hinter der Panzerglasscheibe an der Kasse ein.

Gegen viertel vor fünf verließ er die Bank. Er schlenderte zufrieden zur U-Bahn-Station.
Das war ein guter Tag, dachte er. Keine außergewöhnlichen Vorkommnisse, kein Rumoren. Er würde jetzt nach Hause fahren, sich etwas zu essen machen und um acht Uhr, gemeinsam mit der Sprecherin der Fernsehnachrichten, zu Abend essen.

Als er an der U-Bahn-Station Hügelstraße die Treppen aus der Unterführung hinaufstieg, fiel ihm ein kleines Werbeplakat auf. Es zeigte einen großen Elefanten, der auf seinen Hinterbeinen stand. Der Elefant hatte ein freundliches Gesicht. Er schien zu lächeln.
Am Rand und an den Ecken des Posters war noch mehr zu sehen. Ein Jongleur, ein Zauberer und ein Clown. Über dem Plakat stand in schwungvoller

Schrift „Zirkus Simsalabim“. Darunter waren die Termine für die Vorstellungen abgedruckt. Alle aus dem letzten Monat.
Das Plakat musste also schon länger hier hängen. Arthur hatte es nie zuvor bemerkt. Er überlegte, wann er wohl das letzte Mal in einem Zirkus war. Als Kind. Das war schon ewig her.
Er erreichte sein Haus, öffnete den Briefkasten und fand nichts weiter als Werbung. Wie immer warf er alles gleich in die Altpapiertonne und ließ den Deckel zufallen... Was war das?
Langsam öffnete er den Deckel erneut, gerade so weit, dass er einen Blick in die Tonne werfen konnte.
Unter alten Zeitungen und Pappe lag ein buntes Blatt Papier. Nur eine kleine Ecke schaute hervor. Darauf war der Clown aus dem Zirkus Simsalabim zu sehen.
Arthur ließ den Deckel wieder zufallen. Er ging die Treppe hinauf.
Wie immer zählte er im Geiste jede Stufe mit. 54... 55...56...57... dann kam die 58. Stufe.
Ein Blitz schoss durch seinen Kopf. Es war, als hätte jemand hinter seinen Augen einen Vorhang aufgerissen, und es wurde hell. Ganz klar konnte er sich plötzlich erinnern, wann er das letzte Mal gelacht hatte – so als sei es eben gerade geschehen.

Es war an einem wunderschönen Sommertag in seiner Kindheit. Es roch nach frischem Sägemehl und nach Pferden.
Ein kleiner Mann mit riesengroßen Schuhen und einer kleinen roten Nase betrat die Manege. Als er

sich verbeugen wollte, fiel er vornüber und landete, begleitet von einem Tusch, auf dem Hosenboden. Es war der Clown.

5. Kapitel

Arthur rannte die restlichen Treppenstufen hoch – ohne zu zählen öffnete die Tür und stürzte in die Wohnung. Sofort ging er in die Küche und schenkte sich ein Glas kalte Milch ein.
Er war seinem Lachen begegnet. All die Jahre hatte es tief verborgen unter den vielen Schichten aus Disziplin, Kontrolle und Eintönigkeit gelegen. Jetzt schaute es ihn aus einiger Entfernung freundlich an, als wollte es ihn zum Tanzen auffordern.
Es war eine unerwartete Begegnung. Tränen standen ihm in den Augen, und unweigerlich stellte er sich die Frage, wann er wohl das letzte Mal geweint hatte.
Aber eigentlich war das doch egal. Das momentane Gefühl war schön, verwirrend, ja, aber vor allem schön.
Es brach aus ihm hervor und knackte den dicken Panzer in seiner Brust. Er ließ es geschehen. Zum einen, weil er nichts dagegen tun konnte, zum anderen, weil es gut tat, so unendlich gut. Und je länger die Situation anhielt, desto befreiter und leichter fühlte er sich. Leicht wie eine Feder.

Arthur ließ sich auf sein Bett fallen. Er trug noch immer seinen dunkelgrauen Anzug, aber das störte ihn im Moment nicht. Ausgestreckt und entspannt lag er da und fühlte sich wie ein Kind. Er ließ seine Gedanken an sich vorbeiziehen, wie bunte Luftballons an einem blauen Himmel.

Über dreißig Jahre war es her, dass er mit seinen Eltern – damals lebte sein Vater noch – im Zirkus gewesen war.
An die Tiernummern konnte er sich kaum noch erinnern. Umso lebhafter an den Clown.
Arthur hatte das lustige Gesicht mit der roten Clownsnase genau vor Augen.
Der Clown konnte auf einer Säge Musik machen, und Arthur hatte sich damals gebogen vor Lachen. Nicht nur er, das gesamte Publikum hatte getobt. Sogar seine Eltern prusteten vor Lachen. Das war ein toller Nachmittag.

Arthur konnte sich jetzt sehr genau an die Gesichter der Menschen nach der Vorstellung erinnern. Alle, Erwachsene wie Kinder, gingen mit einem Lächeln nach Hause. Sie nahmen es mit, wie ein Geschenk. Es war das Geschenk des Clowns.
Arthur erinnerte sich auch wieder an den Abend nach der Vorstellung. Mit dem Lippenstift seiner Mutter hatte er sich eine rote Nase gemalt und aus dem Stegreif eine lustige Nummer erfunden. Er fiel über die Möbel und rutschte auf imaginären Bananenschalen aus.
Der Unmut seiner Mutter über den Lippenstift legte sich schnell. Stattdessen musste sie über ihn lachen. Sein Vater kam dazu und lachte ebenfalls. Am Ende bedachten sie ihn mit einem lang anhaltenden Applaus, und er verbeugte sich in alle Richtungen, als stünde er vor einem großen Publikum.

Nach seiner kleinen Vorstellung zeigte ihm sein Vater den Trick, wie man ein Geldstück in der Hand verschwinden lassen konnte und dann aus der Jackentasche wieder hervorholte. Das hatte ihn ungemein beeindruckt. Lange hatte er den Trick geübt, bis auch er ihn perfekt beherrschte. Sein Vater kannte viele solcher Tricks, und nach und nach brachte er sie ihm bei.

Arthur überlegte, was wohl aus ihm geworden wäre, wenn er als Clown zum Zirkus gegangen wäre. Er gefiel sich in dieser Vorstellung. Ein Mann, dem nur das Lachen anderer Menschen wichtig war, sonst nichts. Wunderbar. Wenn er Clown geworden wäre, hätte er selbst in seinem Leben bestimmt viel mehr gelacht.
Warum traf man eigentlich keine Clowns auf der Straße? Sonst war doch dort alles zu finden. Menschen mit grünen, blauen oder orangefarbenen Haaren. Junge Leute in viel zu großen Hosen, die in den Kniekehlen hingen. Oder Frauen und Männer mit bunten Tätowierungen auf der Haut.
Jeder wollte damit doch etwas ausdrücken, hatte sozusagen eine Botschaft. Aber eine der schönsten Botschaften, nämlich andere Menschen glücklich zu machen, sie zum Lachen zu bringen, fand man auf der Straße nicht.

Der letzte Gedanke, bevor Arthur einschlief, war, dass er gern ein Clown wäre.

6. Kapitel

Die Erinnerung an seinen Zirkusbesuch als Kind ließ Arthur nicht mehr los. Seit Donnerstagabend tauchten in seinem Kopf immer mehr Bilder aus seiner Kindheit auf. Vor allem von seinem Vater.
Er war ein freundlicher und spontaner Mann gewesen, mit einem verschmitzten Lächeln. Die Leute freuten sich, ihn zu sehen, und er hatte immer eine lustige Geschichte zu erzählen.

Als er eine Woche nach Arthurs neuntem Geburtstag bei einem Verkehrsunfall ums Leben kam, hatte Arthur nicht geweint. Er hatte beschlossen, die Nachricht vom Tod seines Vaters nicht zu glauben. Nein, es handelte sich doch nur wieder um einen Trick. Sein Vater war verschwunden, so wie er das Geldstück in seiner Hand verschwinden lassen konnte, und genauso plötzlich würde er wieder auftauchen. Dann würden sich alle wundern außer Arthur, denn er hatte es ja schon immer gewusst.
Für Arthur stand außer Frage, dass sein Vater auf Weltreise war und große Abenteuer erlebte. Er kämpfte auf den Weltmeeren gegen Piraten, entkam in letzter Minute Menschenfressern im Dschungel und hatte einen Blutsbruder bei den Indianern.
Eines Tages würde er zurückkommen und Arthur abholen, um ihm die Welt zu zeigen. Sie hätten Freunde auf allen Kontinenten und würden abends gemeinsam am Lagerfeuer sitzen.

Etwa einen Monat nach der Beerdigung packte Arthur einen kleinen Rucksack. Darin war alles, was er für die Reise mit seinem Vater brauchte. Er versteckte ihn unter seinem Bett. Nachts blieb er so lange wie möglich wach, um auf seinen Vater zu warten. Er achtete auf jedes Geräusch im Haus, auf jede Bewegung vor dem Fenster. Doch es kam niemand.

Die Monate vergingen, und die Fantasien von den Abenteuern seines Vaters wurden blasser. Irgendwann waren sie weg. Sie fanden nicht mehr statt. Mit dem Verschwinden der Träume ging in Arthurs Seele eine Tür zu. Arthurs Fantasie und Vorstellungskraft waren verschwunden, genauso wie sein Vater verschwunden war – ohne sich noch einmal umzudrehen.

Seitdem war Arthur erwachsen. Er war nie wieder Cowboy oder Seemann und schon gar nicht Clown. Stattdessen hielt er sich an Fakten und Regeln. Diese waren klar und lagen auf der Hand: Arthur Hoffmann war ein Junge, dessen Vater bei einem Verkehrsunfall ums Leben gekommen war. Punkt, aus.

Jetzt, nach so vielen Jahren, war sein Vater wieder da. Arthur erinnerte sich genau an das schalkhafte Lachen. Er war als Junge immer stolz darauf gewesen, dass sein Vater so beliebt war. Jeder schien ihn zu kennen und grüßte ihn.
Wenn er jetzt so darüber nachdachte, musste er sich eingestehen, dass er selbst ganz anders war. Eigentlich hatte er nichts von seinem Vater. Er war nicht

spontan und locker, und er war auch kein brillanter Geschichtenerzähler.
Doch könnte er nicht versuchen, sich zu ändern? Warum sollte er nicht nach all den Jahren noch etwas von seinem Vater lernen?
Es würde nichts schaden, ein wenig lockerer, heiterer und vielleicht auch spontaner zu sein. Arthur hatte keine Zeit zu verlieren.

Schon am nächsten Tag lächelte er seine Kunden in der Bank an. Kein professionelles Lächeln, sondern ein offenes, warmes und freundliches.
Und tatsächlich, es bewirkte etwas. Die meisten erwiderten das Lächeln. Sogar der strenge Herr Cremer kam nicht umhin, seine Mundwinkel nach oben zu ziehen, als Arthur ihn unverhohlen und befreit anlächelte.
Der Erfolg stellte sich beinahe überall ein – außer in der U-Bahn. Wenn er hier jemanden anlächelte, wichen fast alle seinem Blick aus, um dann nach einigen Momenten wieder verstohlen zu ihm herüberzuschauen. Lächelte Arthur sie dann immer noch an, guckten sie gleich wieder weg und trauten sich nicht, noch einmal zu ihm herüberzublicken. Verrückt, dachte Arthur, ein Lächeln kostet doch nichts.

Nachdem er am Samstagvormittag wie üblich seine Einkäufe für die kommende Woche erledigt hatte, fuhr er entgegen seinen Gewohnheiten mit der U-Bahn in die Innenstadt. Die Fahrt fühlte sich vollkommen anders an als unter der Woche. Er trug

keinen Anzug, sondern seine Wochenend-Cordhose und ein Flanellhemd.
In der Bahn saßen auch ganz andere Menschen als sonst. Keiner versteckte sich hinter seiner Zeitung. Viele unterhielten sich. Das fand an Werktagen nur sehr selten statt. Da fuhr man nicht gemeinsam, sondern allein. Wenn sich doch einmal jemand unterhielt, dann nur sehr leise, fast flüsternd.
Heute, am Wochenende, war das ganz anders. Die Menschen fuhren gemeinsam in die Innenstadt und redeten ganz normal miteinander. Kinder liefen durch den Gang. Es war richtig was los.

Arthur erlebte das alles wie ein kleines Abenteuer. Seit Jahren hatte er nichts mehr getan, was nicht seinen Gewohnheiten entsprach. Schon gar nichts so Zielloses wie diesen Ausflug.

In der Innenstadt stieg er aus und spazierte los. Er genoss seine freie Zeit. Entspannt ging er durch die „Fressgass", die Fußgängerzone mit den vielen Restaurants und Delikatessengeschäften.
Er beobachtete zwei Kinder, die kichernd versuchten, Tauben zu fangen, und einen Vater, der seiner kleinen Tochter ein Eis kaufte. Arthur ließ sich einfach treiben.
Er erreichte den Opernplatz. Hier setzte er sich auf den Rand des Brunnenbeckens in der Mitte des Platzes und ließ seinen Blick über die schöne Alte Oper streifen.

Obwohl er allein durch die Stadt spazierte, fühlte er sich nicht allein. Im Gegenteil. In diesem Moment war er ein Teil dieser Stadt. Einer Stadt, die so viel zu bieten hatte, an unterschiedlichen Menschen, beeindruckenden Gebäuden, einladenden Plätzen, herrlichen Parks und bunten Stadtvierteln.

Aus einer Laune heraus beschloss er, den Stadtteil zu wechseln. Er fuhr zwei Stationen mit der U-Bahn und stieg in Bockenheim wieder aus.
Hier lebten vor allem Studenten. Auf den Straßen fuhren beinahe ebenso viele Fahrräder wie Autos. Es gab kleine Cafés und unendlich viele Copy Shops.
Arthur sog das alles auf wie ein trockener Schwamm. Er war so sehr damit beschäftigt, das ganze Treiben zu beobachten, dass er aufpassen musste, nicht mit jemanden zusammenzustoßen.

Plötzlich stand Arthur vor einem Laden mit Scherzartikeln. Im Schaufenster lagen gruselige Masken, verrückte Hüte, gezinkte Spielkarten, ein Totenkopf, Plastikeiswürfel, ein Zaubererkostüm und Geheimtinte. „Pappnase“ hieß das lustige Geschäft in der Leipziger Straße.
Geh doch mal rein, dachte er. Nur ein bisschen umgucken und stöbern. Warum nicht? Er ging in den Laden. Statt der üblichen Ladenglocke hörte man beim Öffnen der Tür ein freches Kobold-Kichern.
Das verunsicherte ihn ein wenig, doch glücklicherweise schien diese ungewöhnliche Ankündigung eines neuen Kunden keine große Aufmerksamkeit zu

erregen. Die Kunden waren vielmehr mit den Scherzartikeln in den Regalen beschäftigt.
Sie freuten sich über aufziehbare Eierbecher, die über den Tisch liefen, oder Würfel, die immer eine Sechs würfelten.
Arthur ging an den Regalen vorbei und schaute sich den ganzen Krimskrams an. Er hatte das Gefühl, dass es hier nichts gab, was es nicht gab.
Insgeheim überraschte es ihn, dass ein Laden überleben konnte, der ausschließlich Sachen verkaufte, die man nicht brauchte. Er konnte nichts entdecken, was zum Leben notwendig gewesen wäre. Trotzdem war der Laden gut besucht.
Er amüsierte sich über die Leute, die ihr Geld für einen solchen Kram ausgaben. Sicher, es war recht unterhaltsam, durch den Laden zu schlendern und einen Blick in die Regale zu werfen, doch er konnte sich beim besten Willen nicht vorstellen, jemals etwas in einem solchen Geschäft zu kaufen.
Als er sich gerade umdrehen wollte, um zum Ausgang zu gehen, stand er plötzlich vor einer großen herausgezogenen Schublade. Vor ihm lagen etwa fünfzig kleine rote, runde Clownsnasen aus Kunststoff mit einem Gummiband. Sofort war ihm klar, er musste eine davon haben.
Langsam blickte er sich um. Im Laden waren fast nur junge Leute. Es waren Schüler und vielleicht auch Studenten mit einem ausgeprägten Sinn für Albernheiten.
In diesem Alter war das entschuldbar. Die meisten von ihnen hätten seine Kinder sein können.

Vor diesen jungen Menschen konnte er doch nicht einfach mir nichts dir nichts zur Kasse spazieren und eine Clownsnase auf den Tisch legen. Das wäre ja lächerlich. Ein erwachsener Mann, wie er. Ein Mann mit Verantwortung. Ein Mann dem andere Leute ihr Geld anvertrauten. Nein, das war unmöglich.
Sein Blick wanderte zurück auf den Inhalt der Schublade. Möglichst unauffällig schielte Arthur nach links und rechts. Als er sicher war, dass ihn niemand beobachtete, griff er hastig nach einer der roten Nasen. Dann schlenderte er, jeden Blickkontakt vermeidend, ganz beiläufig zur Kasse. Sein Herz schlug ihm bis zum Hals. Vor der Kasse blieb er stehen, noch immer die Nase in der hohlen Hand versteckt.
Ein anderer Kunde, der ebenfalls bezahlen wollte, stellte sich hinter Arthur und wartete. Die Dame an der Kasse hatte Arthur den Rücken zugedreht und stapelte gerade rosafarbene Pupskissen, die frisch eingetroffen waren, in ein Regal.

Als sie die beiden Kunden an der Kasse bemerkte, drehte sie sich um. Ihr kastanienbraunes Haar fiel leicht gewellt über ihre Schultern, und ihr sauberes Lächeln brachte eine Reihe gerader, weißer Zähne zum Vorschein. Ihre Augen waren warm und freundlich. Arthur verschlug es die Sprache. Sein Gesicht wurde dunkelrot.
Er wollte etwas sagen, doch ihm fehlte die Luft zum Einatmen.
Aus weiter Entfernung hörte er ihre Stimme. Sie sprach mit ihm. Sie sagte bestimmt etwas Nettes. Je-

mand, der so aussah, konnte nur etwas Nettes sagen. Arthur hielt sich krampfhaft an seiner Clownsnase fest. Seine Schläfen pumpten immer mehr Blut in seinen Schädel. Er versuchte die Clownsnase auf den Tisch zu legen, aber es gelang nicht. Die Hand mit der Nase wollte sich einfach nicht öffnen. Ihm wurde schwindlig. Er musste etwas sagen, aber was?

Eine Lüge. Ja, eine Lüge. Die Lüge konnte das Leben so leicht und einfach machen, aber dafür musste man erst einmal eine haben. Er könnte etwas von einem Kind erzählen, für das die Nase angeblich sein sollte. Arthur, der liebevolle Vater, der seinem Sohn oder seiner Tochter diese nette kleine Clownsnase als Geschenk mitbringen würde.

Noch bevor er etwas sagen konnte, merkte er, dass auch Lügen einen richtigen Zeitpunkt brauchten, denn das Lächeln der Verkäuferin war verschwunden. Stattdessen schaute sie ihn nur ratlos, beinahe besorgt an.

Arthur bemerkte, wie sich andere Kunden nach ihm umdrehten. Ihre Blicke stachen wie Nadelstiche. Was sollte er jetzt tun?

Es war, als wäre es nicht seine Entscheidung, als hätte sie jemand anders getroffen. Denn plötzlich drehte er sich um und ging in langen Schritten zum Ausgang. Er riss die Ladentür auf. Das freche Kobold-Kichern ertönte, und obwohl sich die Tür gleich hinter ihm schloss, war es noch lange zu hören.

7. Kapitel

Arthur blieb vor dem Laden stehen und schnappte nach Luft wie ein Fisch auf dem Trockenen. Was war geschehen? Noch immer hielt er die rote Clownsnase krampfhaft fest. Oh Gott, er hatte sie geklaut! Er hatte einen Ladendiebstahl begangen.
Panik breitete sich in ihm aus. Was sollte er jetzt tun? Er könnte wieder in den Laden gehen, irgendetwas von einem Missverständnis erzählen und die Nase bezahlen. Nein, das wäre keine gute Lösung. Er könnte möglichst unauffällig reingehen und die Nase in die Schublade zurücklegen.
Unauffällig? Nach diesem Auftritt? Es half nichts, sich etwas vorzumachen. Wahrscheinlich würden dort alle schon über ihn reden, sich über ihn lustig machen. Er konnte da unmöglich wieder reingehen. Nie mehr. Aber was würde geschehen, wenn man seinen Diebstahl bemerkte? Man würde ihn bestimmt verfolgen.

Er stand vor dem Laden wie das Kaninchen vor der Schlange, als wartete er nur darauf, gestellt zu werden. Mach, dass du weg kommst, Arthur!
Er ging los, dann begann er zu laufen und schließlich zu rennen. Schnell weg hier. Schnell weg. Er rannte zur U-Bahn-Station, die Treppen hinunter. Die Bahn fuhr gerade ein. Arthur entschied sich für den letzten Wagen und hechtete durch die Tür. Völlig außer Atem ließ er sich auf die Bank fallen.

Station für Station wurde er etwas ruhiger. Er überdachte seine Situation. Die hübsche Frau an der Kasse hatte ihn genau gesehen. Sie könnte der Polizei eine exakte Personenbeschreibung geben. Man würde ein Phantombild von ihm erstellen, und er könnte an keinem Polizisten mehr vorbeigehen, ohne sein Gesicht zu verstecken. Ein Leben in Angst erwartete ihn.
Andererseits, in der Schublade lagen so viele Clownsnasen. Würde es überhaupt auffallen, dass da eine fehlte? Und wenn ja, würde die schöne Verkäuferin dann die Polizei rufen? Bei so vielen Nasen hätte ja auch eine hinter das Regal fallen können. Schließlich herrschte in dem Laden nicht gerade Ordnung. Da würde man sich vielleicht eher an die eigene Nase fassen, bevor man andere Leute verdächtigte, Nasen zu klauen.
Langsam begann er, sich zu beruhigen. Seine verkrampfte Faust, in der noch immer die rote Nase eingeschlossen war, entspannte sich.

Zuhause angekommen ging Arthur als erstes ins Badezimmer und blickte in den Spiegel. Er schaute dem Mann ins Gesicht, der seinen ersten Diebstahl begangen hatte. Nicht einmal als Kind hatte er geklaut.
Er musste zweiundvierzig Jahre alt werden, um diese Erfahrung zu machen. Ein wahrer Frühentwickler, dachte er. Doch komischerweise verspürte er keine Reue. Das war ungewöhnlich für ihn. Ausgerechnet er, der es hasste, wenn etwas nicht korrekt ablief, der Unseriosität verabscheute.

Seit ihm auf der Heimfahrt klar geworden war, dass er ungeschoren davon kommen würde, war er so ruhig, als wäre nichts Außergewöhnliches geschehen.
Im Spiegel erforschte er sein Gesicht. Nichts hatte sich verändert. Der Diebstahl hatte keine sichtbaren Spuren hinterlassen. Er schaute nicht plötzlich wie ein Verbrecher drein, weder gemein noch gefährlich. Einfach wie der Arthur Hoffmann, der er schon immer war.
Doch der war er nicht mehr. Er war im Begriff, sich zu ändern. Und zwar in einer Art und Weise, die er selbst nie für möglich gehalten hatte: radikal.
Er nahm die rote Clownsnase hervor und setzte sie auf.

Jetzt sah er nicht mehr aus wie immer. Jetzt war er der andere Arthur Hoffmann. Ein Mann, der mit seinen Gewohnheiten brach, der seine Freiheit entdeckte. Ein Mann, der klaute.
Er erschrak. Schnell setzte er die Nase wieder ab. Er wollte kein Dieb sein. Das sollte nicht zu seinem neuen Leben gehören. Es war der alte Arthur Hoffmann, der ihn zum Dieb gemacht hatte. Mit seinen Hemmungen und seinem falschen Stolz, mit seiner gesamten Verkrampftheit.
Der neue Arthur Hoffmann wollte die Nase ja ehrlich kaufen. Doch der alte stand mit all seinen selbst gemachten Einschränkungen stocksteif im Weg.
Er zog die rote Nase wieder auf und betrachtete sich. Sie stand ihm gut. Er sah ausgezeichnet aus. Irgendwie jünger und frischer.

Er ließ die Nase auf, ging in die Küche und schenkte sich ein Glas kalte Milch ein. Er fühlte sich wohl mit seiner neuen Nase. Immer wieder ging er ins Badezimmer, um sich im Spiegel anzuschauen.

Je öfter er das tat, desto besser gefiel er sich. Er beschloss, diese wunderschöne rote, runde Clownsnase das ganze Wochenende zu tragen.

8. Kapitel

Montag wäre der Tag des dunkelgrauen Anzugs gewesen. Arthur entschied sich ganz bewusst für den hellgrauen. Der neue Arthur Hoffmann brauchte keine Wochentage, um den passenden Anzug zu finden.
Die Kollegen in der Bank würden sich bestimmt wundern, wenn er heute in hellgrau zur Arbeit erschien. Aber er irrte sich, keinem fiel es auf.
Herr Cremer brachte nur sein obligatorisch unfreundliches „Morgen" hervor. Maria Leitner traute sich sowieso nicht, irgendjemand anzuschauen, wurde aber trotzdem rot, und Thilo Teich machte keine Witze.
Arthur war enttäuscht. Es musste ihnen doch auffallen, dass ein anderer Arthur Hoffmann vor ihnen stand. Nichts, keine Reaktion.

In diesem Moment verachtete er sie. Doch er war einer von ihnen. Für einen Kunden, der in die Bank kam, waren Wilhelm Cremer, Thilo Teich, Maria Leitner und Arthur Hoffmann aus dem gleichen Holz geschnitzt.
Keiner würde einen großen Unterschied zwischen ihnen feststellen, außer dass Herr Cremer der Filialleiter war und somit der Chef. Doch Arthur fühlte sich nicht mehr wie einer von ihnen.
Sicher, er war der Kassierer dieser Filiale, gut und zuverlässig. Das würde auch so bleiben. Aber er war auch ein freier Mann, mit eigenen Gedanken. Einer,

der vielleicht auch ein guter Clown geworden wäre und Menschen zum Lachen gebracht hätte, wenn er sich für eine Laufbahn als Clown entschieden hätte. Wie konnte er sich da mit den Kollegen in einen Topf werfen lassen? Sie waren sogar so unsensibel, dass sie nicht einmal seine äußere Veränderung bemerkten – den hellgrauen Anzug. Sie waren blind und so sehr mit ihrem langweiligen Alltag beschäftigt, dass sie selbst immer langweiliger wurden.
Je länger er sie ansah und beobachtete, desto mehr geriet er in Rage über ihre Ignoranz.
Am liebsten hätte er sie angeschrien, diese Grobiane. Er dachte an den Feierabend, wenn er zuhause endlich wieder die rote Nase aufsetzen konnte, um keiner von ihnen zu sein. Um derjenige zu sein, der er wirklich war: der neue Arthur Hoffmann.

Als er am späten Nachmittag in seine kleine Wohnung kam, war dies das erste, was er tat. Wie schon am Wochenende behielt er die Nase auf. Er kochte mit Clownsnase, er aß mit Clownsnase, er schaute die Nachrichten im Fernsehen mit Clownsnase und er las mit Clownsnase.
Bevor er ins Bett ging, wollte er noch den Müll hinunterbringen. Er zögerte. Sonst zog er eigentlich immer die rote Nase ab, wenn er die Wohnung verließ. Er schaute auf die Uhr. Acht Minuten nach zehn. Es war recht unwahrscheinlich, jetzt noch jemand zu treffen.
Gib dir einen Ruck, Arthur. Er ging in die Küche und holte zwei volle Mülltüten unter der Spüle hervor.

Dann öffnete er die Wohnungstür und betrat samt roter Nase das Treppenhaus.
Es war dunkel. Ein gutes Zeichen. Mit dem Ellenbogen drückte er den Lichtschalter. Zunächst blieb er stehen und lauschte aufmerksam. Es war nichts zu hören. Kein Mucks.
Möglichst ohne ein Geräusch zu verursachen, stieg er die Treppe hinunter. Er war so nervös, dass er sogar vergaß, die Stufen zu zählen. Zweiter Stock. Läuft doch wie am Schnürchen.
Gleich war er schon im ersten. Was sollte jetzt noch passieren? Ein Hochgefühl machte sich in ihm breit. Vergiss nicht, warnte er sich selbst, du musst den ganzen Weg auch wieder zurück.
Plötzlich hörte er Stimmen hinter einer verschlossenen Tür im ersten Stock. Oh Gott, was sollte er jetzt machen? Er konnte die Nase nicht einfach absetzen. Er hatte keine Hand frei. Diese verfluchten Mülltüten!
Sein Gehirn suchte panisch nach irgendeinem Ausweg. Doch der Schreck ließ keinen vernünftigen Gedankengang zu. Stattdessen blieb er einfach stehen. Wie gebannt schaute er auf die Tür, hinter der die Stimmen immer lauter wurden – so, als wäre er mitten in der Bewegung eingefroren. Sein ganzer Körper war taub. Er spürte nicht einmal mehr sein Herz schlagen. Auch nicht dann, als sich die Tür öffnete.
Eine junge Frau – die siebzehnjährige Tochter von Seiferts – betrat das Treppenhaus. Sie schaute kurz zu Arthur, nickte ihm zu und wollte gerade ein routiniertes „N'Abend" hervorbringen. Doch soweit kam

es nicht. Denn vorher fiel ihr die Kinnlade herunter. Sprachlos starrte sie ihn an, genauso bewegungsunfähig wie Arthur.
Wie Duellanten standen sie sich gegenüber. Auf der einen Seite eine junge Frau, hübsch zurechtgemacht für den Abend. Auf der anderen Seite ein zweiundvierzigjähriger Bankangestellter mit zwei Mülltüten in den Händen und einer roten Clownsnase im Gesicht. Beide sprachlos. Beide erstarrt. In diesem Moment ging im Treppenhaus das Licht aus.

Arthur dachte kurz daran wegzurennen, einfach die Treppenstufen hinauf in seine Wohnung. Doch das Mädchen, das als erste wieder die Fassung fand, hatte schon den Lichtschalter betätigt. Es wurde wieder hell. Sie schaute Arthur noch einen Moment forschend an. Dann lächelte sie. „Guten Abend, Herr Hoffmann."
Arthur schaffte es nur zu einem Nicken.
„Geile Nase", sagte das Mädchen.
Arthur entgegnete nichts.
Sie drehte sich um und ging die Treppe hinunter. Arthur blieb stehen. Doch dann kam sie zurück.
„Sie wollten doch auch gerade runtergehen. Wenn Sie mitkommen, kann ich Ihnen die Tür aufhalten." Dabei deutete sie auf die Mülltüten in Arthurs Händen.
Gemeinsam gingen sie hinunter.
„Geben Sie gerade eine Party?", fragte sie.
Arthur verneinte.
Sie hielt ihm die Tür auf und ging sogar mit zur Mülltonne, um ihm den Deckel zu öffnen. Arthur warf die Tüten hinein.

Endlich befreit von diesen blöden Müllsäcken, wollte er sofort die Nase abnehmen.
„Nein nein, behalten Sie sie auf. Ist doch lustig", sagte das Mädchen.
Arthur zögerte. Sie lächelte ihn an. Dann drehte sie sich um und ging.
Arthur blickte ihr nach. Nach einer Weile ging er zurück in seine Wohnung. Die Nase nahm er nicht ab. Langsam stapfte er die Treppe hinauf, ohne Nervosität und ohne Angst, dass ihn jemand sehen könnte. Die ganze Anspannung hatte sich gelöst.

Wieder in seiner Wohnung, ging er in die Küche und trank ein Glas kalte Milch.
Er war müde. Die ganze Aufregung der letzten Tage hatte Kraft gekostet. Doch er fühlte sich gut.
Er dachte an die junge Frau. Sie hatte sich nicht über ihn lustig gemacht. Natürlich war sie im ersten Moment irritiert gewesen. Ist ja auch verständlich. Einen Mann mit einer Clownsnase sah man nicht alle Tage. Arthur nahm sich vor, das nächste Mal selbstbewusster zu sein. Warum sollte er keine rote Nase tragen, wenn es ihm gefiel? Warum eigentlich nicht?
Es gab Brillenträger, Toupetträger, Zahnspangenträger, Prothesenträger und Hörgeräteträger. Menschen mit Turbanen und Kopftüchern, Hüten und Mützen.
Bald würde es auch einen Menschen mit roter Clownsnase geben.

9. Kapitel

Gleich nach dem Duschen und Rasieren setzte Arthur die rote Nase auf. Er griff irgendeinen Anzug aus dem Schrank. Dass heute Dienstag war, scherte ihn herzlich wenig. Für ihn waren alle seine Anzüge einfach nur grau. Er setzte auch kein bewusstes Zeichen, indem er einen anderen Anzug nahm, als für Dienstag vorgesehen. Es interessierte ihn einfach nicht.
Als er das Haus verlassen wollte, blieb er an der Wohnungstür stehen.
Er atmete tief durch. Dann ging er zurück ins Bad und warf einen Blick in den Spiegel.
Sein Scheitel war gerade, die Krawatte saß korrekt, er sah aus wie ein typischer Bankangestellter, abgesehen von der roten Nase.
Er wurde unsicher. Langsam zog er die Nase ab und legte sie ans Waschbecken. Dann verließ er so schnell wie möglich die Wohnung.

Als er in der U-Bahn saß und all die freudlosen Menschen sah, die sich wie immer stumm hinter ihren Zeitungen versteckten, fühlte er sich feige.
Die rote Nase lag zuhause im Badezimmer, und er war im Allerlei der grauen Alltagsmenschen abgetaucht.
Er, Arthur Hoffmann, war wieder einer von ihnen.
Die Chance zu zeigen, dass er anders war als die anderen, hatte er kläglich vergeben. Er fühlte sich schäbig, denn er hatte sich selbst verraten.
Ja, er war ein Verräter.

Als er in die Bank kam, wurde seine Stimmung nicht besser. Herr Cremer zählte seinen lächerlichen Countdown bis zur Filialöffnung um acht Uhr dreißig. Arthur stand in seinem Kassenraum hinter den Panzerglasscheiben und schaute hinaus, wie man in einen Zoo hineinguckte.

Er beobachtete seine Kollegen wie seltene Tierarten. Doch das Schlimmste war, dass sie nicht selten waren.
Die Welt wurde bevölkert von ihnen. Es gab immer mehr. Sie vermehrten sich wie die Karnickel. Und wenn einer ging, wurde er durch den nächsten ersetzt. Als würde man eine graue Wand mit grauer Farbe überstreichen.
Sie alle hatten die zweifelhafte Gabe, sich ihrer Umgebung anzupassen, bis hin zur vollendeten Unauffälligkeit.
Wenn man einen von ihnen auf dem Mond aussetzen würde, gäbe es dann irgendetwas Erinnernswertes? Irgendeinen Gedanken, den er geäußert hätte, der es vielleicht sogar verdient hätte, weitergedacht zu werden? Irgendeine besondere Handlung, die man nicht vergessen würde? Nein. Nichts. Keiner würde sich je an ihn erinnern.

Alle waren sie sogenannte Vernunftmenschen, berechenbar bis ins kleinste Detail, Gehirn gewaschen von Eltern, Schulen und Universitäten.
Ihm wurde übel. Am liebsten hätte er sich übergeben.

Für den Rest des Tages musste sich Arthur zusammenreißen. Er versuchte, an etwas anderes zu denken als an seinen Ekel.
Das Beste war Arbeit. Je mehr Kunden in der Filiale waren, desto besser. Dann konnte er sich auf ihre Wünsche konzentrieren und diese nacheinander abarbeiten.
Doch wenn keine Kundschaft da war, wurde es fast unerträglich. Sein Kassenraum schien immer enger zu werden. Eine Zelle, deren Wände ganz langsam auf ihn zukamen, bis sie ihn zerquetschten. Er hatte Atemnot.
Arthur musste seine gesamte Selbstbeherrschung mobilisieren, um bis zum Feierabend durchzuhalten.
Dann stürmte er aus der Filiale und riss sich die Krawatte vom Hals. Luft, endlich Luft zum Atmen. Im Laufschritt ging er zur Treppe, die zur U-Bahn führte, doch dann blieb er plötzlich stehen. An der Straße parkten mehrere Taxis in einer Reihe.
Arthur überlegte. Sein Bedarf an langweiligen, eintönigen Menschen war für heute gedeckt.
Er entschied sich gegen die U-Bahn und lief zum Taxi. Das erste Mal in seinem Leben fuhr er mit dem Taxi von der Arbeit nach Hause.

Wie die ganzen letzten Tage zog er zuhause als erstes die rote Clownsnase auf. Sofort fühlte er sich besser. Er entspannte sich.
Die Nase wirkte auf ihn wie eine Medizin, die die Bazillen der drögen Welt in die Flucht schlug. Durch sie wurde er gesund. Ohne Nase fühlte er sich verkleidet.

Ohne sie musste er jemanden darstellen, der er nicht mehr war und nicht mehr sein wollte.

Die Verrücktheit dieses Gedankens war ihm durchaus bewusst. Die rote Clownsnase demaskierte ihn. Sie ließ einen tiefen Blick in sein Innerstes zu. Doch wer bereit war, seine Seele zu zeigen, brauchte Mut. Unendlich viel Mut. Arthur seufzte.

10. Kapitel

Mittwochmorgen. Arthur stand an der Wohnungstür wie am Tag zuvor. Anzug, Scheitel, rote Nase. Wieder zögerte er. Er stand da und sammelte all seine Kräfte, und das brauchte Zeit.
Doch nachdem er allen Mut aus den letzten Winkeln seines Körpers zusammengekratzt hatte, musste er einsehen, dass es wieder nicht reichte. Langsam zog er die Nase ab.
Er schämte sich. Wollte er tatsächlich erneut Verrat an sich begehen? Sich den anderen anpassen und sich selbst betrügen? Einen Tag wie gestern würde er nicht noch einmal überstehen.
Er zog die Nase wieder auf, verließ aber nicht die Wohnung. Er ging in die Küche und wollte noch einen Schluck Kaffee trinken, doch es war nichts mehr da.
Er brauchte Zeit, um nachzudenken. Also gut, Wasser und Filter in die Maschine, ein paar Löffel Kaffee, Knopf drücken. Nach einem kurzen Augenblick schnorchelte die Kaffeemaschine los, und er wusste, dass er zu spät kommen würde.

Was zum Teufel machst du da, Arthur? Er bewegte sich langsam, als hätte er Gewichte an allen Gliedern. Arthur war müde. Er wartete auf den Kaffee und auf irgendeine Entscheidung, die sich hoffentlich bald in seinem Gehirn einfinden würde. Was sollte er machen?

Die Kaffeemaschine hatte aufgehört zu gluckern. Er goss sich eine Tasse ein und stellte sie auf den Tisch. Der heiße Dampf stieg vor seinem Gesicht auf und verbreitete einen aromatischen Duft.
Vorsichtig trank Arthur einen kleinen Schluck. Dann warf er einen Blick auf die Uhr. Viertel nach acht. Jetzt müsste er eigentlich in der Bank eintreffen.
Er ging zum Telefon, wählte die Nummer, die er auswendig kannte, und wartete, dass am anderen Ende jemand den Hörer abnahm.
„Cremer", meldete sich sein Chef.
„Hier Arthur Hoffmann, guten Morgen, Herr Cremer."
„Warum sind Sie nicht hier?"
„Das ist der Grund meines Anrufs. Ich bin krank."
„Wie lange werden Sie ausfallen?" Cremers Tonfall verbarg nicht seinen Ärger.
„Ich weiß es nicht, aber ich hoffe, dass ich morgen wieder arbeiten kann."
„Ja, wollen wir's hoffen. Bis morgen dann."
„Auf Wiederhören, Herr Cremer." Der letzte Satz erreichte Cremer schon nicht mehr, denn er hatte bereits aufgelegt.
Arthur atmete tief durch. Es war das erste Mal in seinem Leben, dass er krank machte. Er trank noch einen Schluck Kaffee. Cremer würde heute die Arbeit des Kassierers übernehmen, was ihm mit Sicherheit gar nicht gefallen würde. Schließlich war er der Chef. Doch wenn Cremer im Kassenraum stand, war dies nicht für alle Kunden sofort sichtbar. Ein eindeutiger Statusverlust.

Arthur trank einen weiteren Schluck Kaffee. Heute hatte er sich nicht verraten. Nein, er hatte die Bank verraten. Er hatte sie belogen, statt sich selbst zu belügen. Dieser Gedanke tat ihm gut. Allmählich wich seine Müdigkeit. Seine Muskeln entspannten sich, und er fühlte sich leicht. Er war frei.

Arthur ging ins Schlafzimmer und zog sich um. Danach schaute er in den Spiegel. Heute hatte er die Langweiler betrogen.
Seine Beute war ein freier Tag mitten in der Woche. Und den wollte er jetzt genießen. Er würde es sich gemütlich machen und lesen. Zunächst die Zeitung, dann ein Buch, und dazu würde er Kaffee trinken und später ein Glas kalte Milch. Vielleicht würde er sich am Abend auch ein Bier gönnen. Warum nicht? Aber das Wichtigste war: Er würde den ganzen Tag die rote Clownsnase tragen. Und genauso geschah es.

11. Kapitel

Als Arthur am Donnerstagmorgen aufstand, fühlte er sich wie neugeboren. Der gestrige Tag hatte ihm gut getan. Es gab keinen Grund, sich krank zu melden. Nein, er war Kassierer von Beruf, und er wurde gebraucht. Also, warum sollte er nicht in die Bank gehen?
Er tat ganz einfach das, was er immer tat. Duschen, rasieren, Nase aufsetzen, anziehen, Kaffee trinken, das Haus verlassen. Er handelte schnell und routiniert.
Dann plötzlich stand er im Hausflur und schloss die Tür hinter sich ab. Er versuchte, möglichst nicht an seine rote Nase zu denken. Schließlich dachte er ja auch nicht an seine Krawatte oder seinen Seitenscheitel, wenn er das Haus verließ.
Aber dieses Argument konnte seinen Puls nicht überzeugen. Sein Herz raste, seine Gedanken rasten, und das übertrug sich auf seine Beine.

Auf dem Weg zur U-Bahn schaute er weder nach rechts noch nach links und versuchte, entgegenkommende Passanten zu ignorieren. Bloß keinen Blickkontakt. In großen Schritten eilte er zur U-Bahn-Station – mehr fliegend als laufend.
Er ging durch die Unterführung, und als er gerade den Bahnsteig betrat, fuhr die Bahn ein. Die Türen öffneten sich, Arthur trat ein, sah einen freien Platz und ließ sich nieder. Kurzes Durchatmen. Die erste Etappe war geschafft.

Arthur schaute sich vorsichtig um. Die meisten Leute waren glücklicherweise in ihre Zeitungen vertieft und nahmen keine Notiz von ihm.
Dann traf sein Blick den der beiden Frauen, die ihm direkt gegenüber saßen. Völlig entgeistert starrten sie ihn an. Sie sagten nichts, sondern glotzten nur. Kommentarlos, hemmungslos.
Aus dem Hintergrund hörte man ein Kind rufen:
„Ein Clown, ein Clown, schau' doch mal, Mama, ein Clown!"
„Lass das, man zeigt nicht mit dem Finger auf Leu... tatsächlich, ein Clown."
Arthur riss seine Zeitung hoch, um sich dahinter zu verstecken. Er hielt sie so dicht vor das Gesicht, als wäre er kurzsichtig. Dann hörte er es rascheln. Nach einem kurzen Moment wurde ihm klar, dass dies auf das Papier in seinen zitternden Händen zurückzuführen war. Resigniert nahm er die Zeitung wieder runter.
Die beiden Frauen glotzten ihn noch immer an, als wäre er ein Außerirdischer. Jetzt nahm er auch die Blicke der anderen Fahrgäste wahr. Irgendwo hörte er ein Lachen. Jemand schüttelte verständnislos den Kopf. Arthur schloss die Augen. Erneut ein Lachen. Es wurde getuschelt.
Er nahm seinen ganzen Mut zusammen und ließ seinen Blick durch die Bahn schweifen. Es gab keinen mehr, der jetzt noch Zeitung las. Alle gafften ihn an. Jeder ihrer Blicke schien etwas anderes auszudrücken. Unverständnis, Neugier, Belustigung, Spott, ja sogar Mitleid.

Arthur ließ es geschehen. Was blieb ihm auch anderes übrig? Er lieferte sich der glotzenden Meute aus. Wehrlos, da es keine Möglichkeit gab, sich zu wehren. Das Lachen um ihn herum wurde lauter. Provokanter. So, dass er es hören sollte. Man wollte ihn zu einer Reaktion bewegen. Er sollte etwas machen, etwas sagen, sich erklären. Doch er blieb stumm. Was hätte er auch sagen sollen?

Endlich kamen die erlösenden Worte: „Nächste Station: Hauptwache." Arthur floh, so schnell er konnte, aus der U-Bahn.

12. Kapitel

Seine Anspannung entlud sich beim Laufen. Er verzichtete darauf, sich in die Schlange auf der Rolltreppe einzureihen, sondern entschied sich für die Treppe und nahm immer gleich zwei Stufen auf einmal. Dann war er draußen an der frischen Luft.

Er atmete tief durch. Das tat gut. Die kühle Luft machte seinen Kopf klar.

Jetzt musst du es durchziehen, Arthur. Den ersten Schritt hast du getan. Dies war nur die Ouvertüre.

Das Adrenalin in seinem Körper hatte ihn hochgeputscht. Nun zitterte er nicht mehr vor Angst. Er zitterte vor geballter Energie.

Er war bereit, seinen Weg zu gehen, wie ein Eisbrecher, der sich nach vorn pflügt, unbarmherzig immer geradeaus. Und dieser Weg führte nun zu seiner Bankfiliale.

Als er ankam, war es acht Uhr fünfzehn. Arthur beschloss, noch einmal um den Block zu gehen, um die Diskussionen über seine rote Nase vor der Filialöffnung zu vermeiden. Am besten, er würde erst kurz vor halb neun eintreffen und sofort im Kassenraum verschwinden.

Um acht Uhr fünfundzwanzig betrat Arthur die Filiale. Er wünschte einen guten Morgen und drehte seinen Kollegen sofort den Rücken zu. Der kleinen Garderobe zugewandt, zog er seinen Mantel aus. Aus dem Hintergrund hörte er Cremer.

„Da sind Sie ja, Herr Hoffmann."

Arthur drehte sich langsam um, während Cremer weiter sprach.
„Ich dachte schon, ich müsste Sie heute wieder vertre…"
Cremer starrte ihn mit offenem Mund an. Arthur lächelte selbstbewusst, obwohl seine Knie mit einem Mal weich wurden.
Thilo Teich prustete los. Zum ersten Mal in seinem Leben sah Arthur Thilo Teich sprachlos, wenn auch nur vor Lachen.
„Was soll das?", brüllte Cremer.
„Was?", fragte Arthur gespielt ahnungslos.
„Das!" Cremer zeigte mit einem kleinen fleischigen Finger in die Mitte von Arthurs Gesicht.
„Eine Clownsnase, eine Clownsnase!", beantwortete Thilo Teich die Frage aus dem Hintergrund und schlug sich dabei auf die Schenkel.
Arthur schaute zur Seite und sah Maria Leitner. Ihr Kopf hatte die Farbe einer Leuchtboje.
Dann sagte Arthur mit ruhiger Stimme: „Acht Uhr neunundzwanzig, Herr Cremer. Wir müssen uns beeilen." Arthur ging schnell in den Kassenraum.
Erschrocken schaute Cremer auf die Uhr und eilte zur Tür. Er steckte den Schlüssel ins Schloss, ließ ihn dann aber stecken und lief zurück zum Kassenraum.
„Ziehen Sie sofort die Nase ab!"
Arthur schüttelte den Kopf.
Cremers Gesicht verfärbte sich vor Wut. Er holte so tief Luft, als würde er gleich einen Orkan auslösen wollen, und brüllte:
„Ziehen Sie sofort die Nase ab!"

Er spie seine Worte so hervor, dass die Panzerglasscheibe von Arthurs Kassenraum nass wurde. Die Wucht dieses Wutausbruchs verunsicherte Arthur. Aber das wollte er sich nicht anmerken lassen.
Einen Moment blieb er bewegungslos hinter der Glasscheibe stehen. Er schluckte. Blitzschnell schossen ihm alle Fluchtmöglichkeiten aus dieser absurden Situation durch den Kopf. Doch sie waren immer mit dem Gefühl einer herben Niederlage verbunden.

Zieh es durch, Arthur. Jetzt bist du so weit gegangen, es gibt kein Zurück. Jetzt musst du es durchziehen.
Arthur erklärte ruhig, dass er nicht daran denke, die Nase abzusetzen, und konnte seinen Mut selbst nicht fassen. Er stand neben sich und betrachtete sich mit einem Gemisch aus Überraschung und Bewunderung.
Zieh es durch, Arthur.

„Zum letzten Mal!", schrie Cremer. „Sie ziehen sofort die Nase ab, oder ich werde das übernehmen."
Arthur schüttelte entschlossen den Kopf.
Mit Blut unterlaufenen Augen lief Cremer hinter den Schalter, um den Kassenraum zu stürmen. Doch Arthur war auf der Höhe. Blitzschnell schloss er die gepanzerte Tür von innen ab und ließ den Schlüssel stecken.
Jetzt war er unantastbar. Cremer rüttelte an der Tür. Er benahm sich wie ein Stier in der Arena.
„Sind Sie wahnsinnig, Sie Irrer, Sie?"
Wer ist hier eigentlich irre, dachte Arthur.

In diesem Moment klopfte es an der Tür. Ein Kunde stand draußen und wollte rein. Erschrocken schauten alle auf den Kunden vor der Glastür.
Dann drehte Cremer den Kopf wieder zu Arthur. Er war kaum wiederzuerkennen. Seine Gesichtszüge waren aus Stein, sein Blick eiskalt.
Er sprach leise und sehr bestimmt. Mit seiner Stimme hätte man Diamanten schneiden können.
„Ich warne Sie, Hoffmann. Ich werde jetzt die Tür aufschließen und den Kunden hineinbitten. Sobald der Kunde den Raum betritt, werden Sie diese lächerliche Nase absetzen. Haben Sie verstanden, Hoffmann? Haben Sie das ganz unmissverständlich verstanden? Ich warne Sie."
Cremer wartete keine Antwort ab. Ganz langsam ging er in Richtung Tür. Es herrschte Totenstille.
Maria Leitner hatte es irgendwie geschafft, sich unsichtbar zu machen. Sie verschwand in sich selbst.
Thilo Teich sagte nichts und bewegte sich nicht, als hätte er Angst, während dieses Showdowns von einer Kugel getroffen zu werden.
Cremer erreichte die Tür und schloss auf. Noch bevor Cremer den Kunden begrüßen konnte, kam dieser herein und fragte, warum die Bank nicht um acht Uhr dreißig geöffnet wurde, obwohl dies so angeschrieben war. Jetzt war es, er schaute umständlich auf seine Armbanduhr, acht Uhr siebenunddreißig, und er wolle sich schließlich auf seine Bank verlassen können. Das könne er doch, oder etwa nicht?
Cremer entschuldigte sich überschwänglich und bot dem Kunden einen Kaffee an. Doch der lehnte ab.

Nach siebenminütiger Verspätung war hierfür nun wirklich keine Zeit mehr.
Er trat an den Kassenschalter und schob Arthur missmutig einen Scheck zu, ohne ihn anzuschauen. Dann drehte er sich gleich wieder zu Cremer, der nun nervös grinste.
Cremers Mund lächelte bemüht den Kunden an. Seine Augen aber waren auf Arthur Hoffmann, seinen Kassierer, gerichtet. Und was er sah, entsprach nicht der Vorstellung des Filialleiters.
Zwar ging Arthur seiner Aufgabe mit gewohnter Konzentration und Sicherheit nach, aber er sah nicht so aus, wie er aussehen sollte.
Mitten in seinem Gesicht prangte diese alberne rote, runde Clownsnase, und dieser verdammte Mistkerl tat so, als wäre es das Normalste der Welt. Was für eine Provokation! Cremer musste sich etwas einfallen lassen. Aber was?
Arthur kam ihm zuvor.
„Ihr Geld, mein Herr", sagte er und schob es unter der Panzerglasscheibe durch. Der Kunde drehte sich um. Er nahm sofort das Bündel Geldscheine und steckte es in die Tasche. Dann unterschrieb er den Beleg. Ohne Arthur auch nur eines Blickes zu würdigen oder einen guten Tag zu wünschen, verließ er, noch immer verdrossen über die Unpünktlichkeit der Bank, die Filiale.

Kaum hatte der Kunde die Bank verlassen, stürzte Cremer auf den Kassenraum zu.

„Sind Sie von allen guten Geistern verlassen?“ Er atmete heftig und hatte kaum noch Stimme vor Wut. Für Arthur klang das wie Silbenrülpsen, doch er war sich über den Ernst der Lage durchaus bewusst. Vor allem, als Cremer nachlegte.
„Sie sind entlassen. Fristlos…unwiderruflich… entlassen. Sie haben soeben Ihre letzte Amtshandlung durchgeführt.“
Aber Cremer täuschte sich. Denn in diesem Moment öffnete sich die Tür, und eine Kundin betrat den Raum. Sie ging auf den Kassenraum zu. Als sie Arthurs rote Nase sah, blieb sie für einen Moment überrascht stehen und fing an zu lachen.
„Wie sehen Sie denn aus! Ist das jetzt Vorschrift?“
Arthur schüttelte verneinend den Kopf.
„Was kann ich für Sie tun?“, fragte er freundlich.
„Ich brauche eintausend Euro von diesem Konto.“
Sie zeigte ihm ihre EC-Karte. Dann schaute sie ihn ungläubig an und musste erneut lachen.
„Nun sagen Sie schon, warum tragen Sie dieses Ding im Gesicht? Habe ich irgendetwas verpasst?“
Cremer eilte herbei und versuchte zu retten, was zu retten war.
„Nein, wissen Sie, meine Dame, Herr Hoffmann ist unser Spaßvogel hier und…“ Er brach ab. Es war ein kläglicher Versuch. Das merkte er nun selbst.

Die Situation überstieg seine Kräfte. Seine schauspielerischen Mittel reichten einfach nicht aus. Er war kreidebleich, und ihm standen die Schweißperlen auf der Stirn.

Die Kundin schaute wieder zu Arthur, der nun gewissenhaft ihr Geld zählte.
„Was wird denn hier gespielt?", fragte sie verwirrt. „Hier stimmt doch was nicht."
Zwei weitere Kunden betraten nun die Bank. Ein älteres Ehepaar. Als sie Arthur Hoffmann sahen, lachten sie nicht. Sie starrten ihn einfach nur an. Dann sagte der Mann:
„Der Kassierer – ein Clown? Was soll das?"
„Das wollte ich auch gerade wissen", sagte die erste Kundin nun fordernd.
Cremer schüttelte nur verzweifelt den Kopf. Den Tränen nahe flüsterte er: „Ich weiß es nicht. Ich weiß es einfach nicht."
Und als wäre sein Unglück noch nicht groß genug, öffnete sich erneut die Tür.
Ein Geschäftsmann betrat die Bank. Er sah den Aufruhr und wollte gleich wissen, worum es ging. Alle antworteten gleichzeitig. Die Kundin, das ältere Ehepaar, Herr Cremer, auch Thilo Teich – jeder bemühte sich um Erklärungen, und sogar Maria Leitner holte Luft, um etwas zu sagen, traute sich aber dann doch nicht.
Arthur beobachtete aufmerksam das ganze Tohuwabohu. Nach einigen Augenblicken entschied er sich, mit lauter Stimme einzugreifen.
„Meine Damen und Herren, dürfte ich für einen Moment um Ruhe bitten. Ich möchte eine Erklärung abgeben."
Das Stimmengewirr legte sich. Alle Augen waren auf Arthur gerichtet. Cremer ahnte nichts Gutes.

„Verehrte Kunden, liebe Kollegen", begann Arthur mit professionellem Ton. „Bitte beruhigen Sie sich."
In der Filiale herrschte nun absolute Stille.
„Der Grund für die ganze Aufregung ist doch nur diese rote Nase hier." Er deutete auf sein Gesicht.
„Mehr nicht. Diese Nase ist doch völlig ungefährlich. Sie tut keinem was. Sie ist einfach nur da, sonst nichts. Alles andere ist doch wie immer. Wie immer bin ich Ihr Kassierer. Wie immer werde ich Sie zuvorkommend und höflich bedienen. Wie immer können Sie sich auf meine Dienste verlassen, und wie immer werde ich meine Arbeit nach bestem Wissen und Gewissen ausüben. Glauben Sie mir, die Nase ändert für Sie nichts. Alles bleibt beim Alten."
„Aber was soll das? Warum tragen Sie denn eine Clownsnase? Das ist doch albern", rief die Kundin.
„Das finden Sie, meine Dame. Ich aber nicht. Ich trage diese Nase ganz einfach, weil sie mir gefällt. Mehr gibt es dazu nicht zu sagen."
„Das ist doch lächerlich", entgegnete das ältere Ehepaar wie aus einem Mund.
Der Geschäftsmann ergänzte: „Eine solche Nase tragen doch nur Clowns."
„Vielleicht bin ich das ja", verkündete Arthur mit einer Mischung aus ernst gemeintem und gespieltem Stolz.
„Doch bin ich dadurch noch lange kein schlechter Kassierer. Und jetzt, verehrte Kunden, würde ich mich gern um Ihre Wünsche kümmern. Ich glaube, wir haben genug Zeit verloren."

Alle schauten sich verblüfft an. Für einen Clown war dieser Mann erstaunlich abgeklärt. Das musste man ihm lassen.
Man reihte sich in eine Schlange ein, wobei das ältere Ehepaar sehr darauf achtete, vor dem zuletzt gekommenen Geschäftsmann zu stehen. Dann wurde einer nach dem anderen von Arthur Hoffmann, dem Clown und Kassierer, bedient.
Die Kundin, die die Filiale zuerst betreten hatte, lachte Arthur an. Die ganze Situation war einfach zu lustig, und irgendwie imponierte ihr dieser verrückte Kassierer, aber ein Rest Unsicherheit blieb doch.
Der Mann des älteren Ehepaars zählte seine Auszahlung sicherheitshalber nochmal nach. Einem Clown konnte man schließlich nicht trauen.
Der Geschäftsmann schüttelte fortwährend den Kopf, als wäre Arthurs rote Nase eine persönliche Beleidigung.
Schließlich waren alle gegangen. Zurück blieb das Team der Bankfiliale.
Die Augen der Kollegen richteten sich wieder auf Arthur. Es herrschte eine Atmosphäre wie nach einer Schlacht. Die Krieger waren erschöpft und müde.
Thilo Teich lockerte die Krawatte und ließ sich laut seufzend in seinen Stuhl fallen.
Cremer vergrub das Gesicht in den Händen. Er weinte. Dieser Mann hatte soeben die schlimmste Demütigung seines Lebens hinnehmen müssen.
Zum ersten Mal tat er Arthur leid. Obwohl er seinen Schritt nicht bereute, war Arthur doch kein Mensch, der die Niederlage seines Gegners genoss.

Er schloss den Kassenraum auf und ging auf Cremer zu. Unsicher blieb er vor ihm stehen. Er wollte ihn trösten, wusste aber nicht, was er sagen sollte.
„Herr Cremer, ich, äh…"
Cremer hob den Kopf. Seine Augen waren rot und geschwollen.
„Was wollen Sie noch?", fragte er.
„Es ist mir egal, auf welche Weise Sie sich lächerlich machen. Aber, dass Sie mich, den Leiter dieser Filiale, zum Affen machen, werde ich Ihnen nie verzeihen. Ich hasse Sie, Hoffmann. Ich hasse Sie, wie ich noch nie einen Menschen gehasst habe. Sie gehören in die Klapsmühle, aber nicht in meine Bank. Ich habe Sie entlassen. Gehen Sie! Hauen Sie ab! Ich will Sie nie wieder sehen."
Arthur war entsetzt. Der Mann hasste ihn wirklich. Es ging nicht mehr um einen cholerischen Anfall, für den man sich anschließend entschuldigte oder über den man einfach hinweggehen konnte. Es handelte sich tatsächlich um blanken Hass, körperlich spürbaren Hass.
„Ich hoffe", fügte Cremer hinzu und atmete dabei schwer, „ich hoffe, dass Sie beim Rausgehen von einem Auto überfahren werden. Das hoffe ich von ganzem Herzen. Und wenn es heute nicht geschieht, dann werde ich darum beten, dass es möglichst bald passiert."
Cremers Worte wirkten auf Arthur wie ein K.O.-Schlag. Völlig benommen drehte er sich um, ging zur Garderobe, zog seinen Mantel an und verließ die Filiale.

Niemand sagte auf Wiedersehen.
Zweiundzwanzig Jahre war er Bestandteil der Filiale. Länger als das Mobiliar. Diese zweiundzwanzig Jahre waren nun vorbei.

13. Kapitel

Als Arthur die Bank verließ, wurde er glücklicherweise nicht von einem Auto überfahren. Er ging zum Taxistand. Sein Kopf war leer, sein Körper war taub. Er stieg in einen der Wagen, und als er dem Fahrer seine Adresse sagte, schaut ihm dieser nur auf die Nase und begann zu lachen.
Der Taxifahrer war ein gesprächiger Mann. Er redete unentwegt und bescheinigte Arthur während der gesamten Fahrt, dass er der witzigste Fahrgast sei, den er je gehabt hätte.
Arthur hörte nicht zu. Er erlebte die Welt wie unter einer Käseglocke. Stimmen und Geräusche waren dumpf, Bilder verzerrt und verschwommen. Er dachte nicht, er existierte einfach nur.

Zuhause angekommen, zog er seinen Anzug aus und schlüpfte in seine Cordhose und sein Flanellhemd. Dann ging er ins Wohnzimmer. Er ließ sich in den Sessel fallen.
Vor ihm stand der Fernseher. Der Bildschirm war grau wie Blei. Es war viertel vor elf, Arthur war zuhause und betrachtete das seelenlose Nichts auf der Mattscheibe. So blieb er sitzen, bis es dämmerte – unfähig einen Gedanken zu fassen, vollkommen leer.

Irgendwann ging er in die Küche, um ein Glas kalte Milch zu trinken. Er versuchte zu denken. Irgendetwas. Aber es gelang nicht.

Arthur fühlte sich, als hätte er sehr lange geschlafen. Ein paar Tage am Stück oder eine ganze Woche vielleicht. Natürlich erinnerte er sich daran, dass er seinen Job verloren hatte, doch das lag weit zurück.

Er ging ins Schlafzimmer und legte sich aufs Bett. Noch bevor er die rote Nase absetzen konnte, war er eingeschlafen. Er atmete tief und gleichmäßig. Für Träume war es zu spät.

14. Kapitel

Als am nächsten Morgen der Wecker rasselte, war Arthur nass geschwitzt. Benommen schaute er an sich herunter. Cordhose und Flanellhemd waren pitschnass, seine Clownsnase war ihm zum Hals gerutscht. Sofort setzte er sie wieder richtig auf. Dann stand er auf, zog alles aus und warf es in den Wäschekorb im Bad.
Er legte die rote Nase vor den Badezimmerspiegel und zog sie, nachdem er aus der Dusche kam, gleich wieder auf. Danach ging er zum Schrank, nahm einen Anzug heraus und zog ihn an.
In der Küche trank er einen Schluck Kaffee. Alles war wie immer, doch irgendwie auch nicht. Ein Blick zur Uhr verriet, dass er jetzt normalerweise das Haus verlassen würde. Was sollte er tun?
Erst jetzt wurde ihm wirklich bewusst, wie sehr sein Leben von der Bank beherrscht war. Man hatte ihm seinen Beruf genommen, und damit war alles weg. Es gab keine Freunde, keine Familie, keine Hobbys und keine wirklichen Interessen außerhalb seines Berufs. Er fühlte sich armselig.

Plötzlich klingelte es an der Tür. Jetzt, um diese Zeit? Er ging zur Tür und drückte den Türöffner für den Hauseingang. Im Treppenhaus waren Schritte zu hören, kurze Zeit später ein Schnaufen. Dann erschien ein dicker Briefträger. Atemlos blieb er vor Arthur stehen, deutete auf die Clownsnase und sagte mit einem Lächeln: „Sie haben wohl jemand anderen erwartet als mich."

Arthur ignorierte die Bemerkung. Das Lächeln des Briefträgers verschwand. Dann fragte er förmlich: „Sind Sie Arthur Hoffmann?"

Arthur nickte.

„Einschreiben", sagte der Briefträger nur kurz und hielt ihm ein Blatt Papier zum Unterschreiben hin. Arthur unterschrieb und bekam einen Brief ausgehändigt. Er war von der Bank. Langsam schloss er die Tür, ohne den Briefträger weiter zu beachten. Er ging in die Küche, öffnete den Umschlag und las:

Sehr geehrter Herr Hoffmann,
hiermit kündigen wir das zwischen uns bestehende Arbeitsverhältnis fristlos mit sofortiger Wirkung.

Wilhelm Cremer
(Filialleiter)

Arthur las das Schreiben wieder und wieder. Mit jedem Mal drang die Realität deutlicher zu ihm durch. Das, was gestern geschehen war, war also kein Traum, aus dem man wieder aufwachen konnte.

Es war eine Tatsache, eine unwiderrufliche Tatsache. Ein Fakt. Den Beweis dafür hielt er in den Händen. Und dieser Beweis wurde schriftlich erbracht von Wilhelm Cremer, seinem Chef bzw. seinem Ex-Chef, genauer: seinem Scharfrichter.

Cremer hatte ihn entsorgt, einfach weggeworfen, und benötigte dafür gerade einmal drei Zeilen. Der

Grund für seinen Rausschmiss war nicht etwa eine schlechte Leistung, sondern seine Individualität, die Vorstellung, sein Leben so zu leben, wie er es mochte, und nicht, wie es sich die Bank vorstellte.
Das war doch eine Ungeheuerlichkeit.
Alle sprachen von Menschenrechten, Toleranz und Werten, aber eine kleine rote Clownsnase reichte, um die ganze Welt Kopf stehen zu lassen, um eine Existenz zu zerstören, ja, sogar einem Menschen den Tod zu wünschen, wie es Cremer getan hatte.
Sollte Arthur diese Ungerechtigkeit hinnehmen? Sollten Menschen wie Cremer etwa Recht behalten und gewinnen?
„Nein, das sollten sie nicht", sagte Arthur plötzlich laut. Er war entschlossen, sich zu wehren.
Arthur holte das Branchentelefonbuch und suchte nach der Seite mit Anwälten. Mit dem Finger ging er die Einträge durch, Anwalt für Strafrecht, Anwalt für Steuerrecht, Anwalt für Vertragsrecht und da, na bitte, Anwalt für Arbeitsrecht. Er hieß Weber, Dr. Heribert Weber.
Arthur holte das Telefon und wählte die Nummer. Drei Minuten später war der Termin für zehn Uhr dreißig im Büro von Dr. Weber, Am Hauptbahnhof 12, vereinbart. Arthur hatte also Zeit, nochmal Kaffee zu kochen.

Er erreichte den Hauptbahnhof mit der U-Bahn. Das Frankfurter Bahnhofsviertel war berühmt-berüchtigt und gleichzeitig geschätzt. Ein Schmelztiegel Frankfurts.

Auf den Straßen war alles zu finden, was die Menschheit zu bieten hatte. Menschen aller Nationen, Einkommens- und Bildungsklassen. Dealer und Banker, Zahnärzte und Zuhälter, Junkies und Marktfrauen, Prostituierte, Hütchenspieler und die singende Heilsarmee. Stundenhotels, Sexshops und Bordelle bildeten eine unmittelbare Nachbarschaft zu Sternerestaurants und den Glaspalästen der Banken.

Um Punkt zehn Uhr dreißig betrat Arthur Hoffmann die Anwaltskanzlei direkt gegenüber des Frankfurter Hauptbahnhofs.
Im gleichen Moment fing eine Frau an zu lachen. Es war die Sekretärin im Vorzimmer des Anwalts, die ihre Belustigung über Arthurs Clownsnase nicht verhehlen konnte.
„Wie sehen Sie denn aus?", rief sie.
„Mein Name ist Hoffmann. Wir hatten heute Morgen telefoniert, wegen des Termins bei Herrn Dr. Weber."
„Oh... Herr Hoffmann, ich wusste nicht, dass... äh..."
„Schon gut."
„Ich werde Sie anmelden."
Sie verschwand durch die Tür hinter ihr. Nach einem kurzen Moment hörte Arthur eine tiefe Männerstimme aus dem Nachbarraum.
Die Worte waren gedämpft und zunächst unverständlich, wurden dann aber etwas deutlicher als die Stimme näher kam.
„Was? Das glaub ich nicht."

Dann wurde die Tür aufgerissen und ein kleiner dicker Mann mit schlauen Augen betrat das Vorzimmer.
Der Mann musterte Arthur genau. Zunächst schaute er auf die rote Clownsnase, dann wanderten seine Augen an Arthur hinab, registrierten seine korrekte Kleidung und die geputzten Schuhe, bevor sie wieder heraufkletterten, zurück zum Ausgangspunkt.
Dr. Weber wirkte wie ein Mann, der schon viel gesehen und erlebt hatte. Das Aussehen Arthur Hoffmanns war ihm aber offensichtlich ein Rätsel. Machte sich hier etwa jemand über ihn lustig?
„Arthur Hoffmann, nehme ich an", sagte er.
Arthur nickte und schüttelte die dicke Hand des Anwalts.
„Ich bin Dr. Weber, kommen Sie doch bitte in mein Büro."

Dr. Weber war Profi und entschloss sich abzuwarten, bis er die Situation richtig einschätzen konnte. Danach kann ich diesen Clown ja immer noch rauswerfen, dachte er.
Als beide Platz genommen hatten, Weber hinter einem antiken Schreibtisch mit Goldbeschlägen und Arthur in einem Ledersessel, wollte Weber wissen, was er für Arthur tun könne.
„Ich bin gestern entlassen worden, fristlos, und ich halte das für ungerecht."
Arthur erzählte die ganze Geschichte. Er ließ kein Detail aus. Weder die U-Bahn-Fahrt ins Büro noch den Wutanfall Cremers.

Er beschrieb die Reaktion der Kunden, seine kurze Rede, die Tränen in Cremers Augen, den Rausschmiss samt Cremers Hoffnung, dass Arthur von einem Auto überfahren werde, und endete schließlich mit dem Briefträger, der heute Morgen die schriftliche Kündigung gebracht hatte.

„Hm“, überlegte Dr. Weber laut. „Das ist ja wirklich eine ungewöhnliche Geschichte.“

„Darf ich Sie etwas Persönliches fragen, Herr Hoffmann?“

„Ja bitte“, entgegnete Arthur.

„Warum tragen Sie denn dieses Clownsnase? Ich meine, Sie müssen doch zugeben, dass das für einen Kassierer durchaus merkwürdig ist, oder nicht?“

Webers Augen fixierten Arthur genau. Die kommende Antwort würde entscheiden, ob dieser Mann verrückt war oder nicht.

Arthur hielt Webers Blick stand.

„Wissen Sie, Herr Dr. Weber, die Antwort ist so einfach, dass ich nicht weiß, ob sie Ihnen ausreicht. Ich trage die Nase ganz einfach, weil es mir gefällt. Ich bin der Meinung, dass Sie mir entspricht.“

Das genügte Weber.

Vorsichtig fragte er: „Und Sie sind der Meinung, dass Sie bei mir richtig sind? Bitte verstehen sie es nicht falsch, aber ich glaube, dass Sie bei einem Psychologen vielleicht besser aufgehoben wären.“

„Sie wollen meinen Fall also ablehnen.“ Arthur behielt die Fassung.

„Ich hatte als Kassierer einen Kunden, der trug eine Sicherheitsnadel in der Nase. Ich habe diesen Mann

bedient wie jeden anderen Kunden auch. Keine Frage, der Mann hatte ein Recht auf eine ehrliche Dienstleistung."
Arthur schaute dem Anwalt direkt in die Augen. „Auch ich habe das Recht auf Dienstleistung."
„Hören Sie, Herr Hoffmann, Sie müssen zugeben, dass ein Kassierer mit einer Clownsnase nun einmal unseriös ist."
„Ach, und ein Kassierer ohne Clownsnase ist zwangsläufig seriös?"
„Nein, das natürlich nicht, aber…"
„In zweiundzwanzig Berufsjahren hat bei mir alles auf den Cent genau gestimmt. Oder wollen Sie mir etwa etwas anderes unterstellen?"
Weber räusperte sich. „Gehe ich recht in der Annahme, dass Sie mit dieser Nase Ihren Protest gegen Ihren Arbeitgeber oder die Gesellschaft ausdrücken möchten?"
„Was spielt das für eine Rolle?", fragte Arthur.
„Tatsache ist, ich trage eine rote Clownsnase. Nach den Gründen hat mich mein Vorgesetzter nicht gefragt."
„Aber Sie wollen doch mit dieser roten Nase irgendetwas ausdrücken, irgendein Statement setzen, etwas kommunizieren." Dr. Weber versuchte ehrlich, diesen Mann zu verstehen.
„Stellen Sie die gleichen Fragen auch einer Frau, die sich die Lippen rot anmalt?"
„Nun, deswegen hat noch keine Frau ihren Job verloren", merkte Weber an.
„Sehen Sie."

„Aber eine Clownsnase steht für etwas“, bohrte der Jurist weiter. „Sie steht für eine künstliche Person, die andere zum Lachen bringt.“
„Was ist daran so schlimm?“
„Darüber hinaus ist ein Clown auch jemand, über den man lacht. Eine Figur, die unsinniges Zeug macht.“
„Sie meinen, jeder, der unsinniges Zeug macht, sollte gleich seinen Job verlieren?“
„Natürlich nicht, aber in manchen Fällen durchaus.“ Weber blieb vorsichtig.
„In meinem Fall ist es so“, fuhr Arthur fort. „Ich habe in meinem Beruf noch nie unsinniges Zeug gemacht. Ich habe zweiundzwanzig Jahre lang zuverlässig und gewissenhaft meine Arbeit getan. Niemand kann mir etwas anderes nachweisen.“
Dr. Weber seufzte. „Was soll ich denn mit Ihnen machen? Ich kann einfach nicht einschätzen, ob Sie wirklich so naiv sind oder ob Sie mir das nur vorspielen.“
Er blieb vor Arthur sitzen, ohne etwas zu sagen. Man konnte geradezu hören, wie es in seinem Kopf arbeitete.
Dann holte er eine Pfeife hervor und begann sie zu stopfen. Dabei murmelte er: „So haben wir vor Gericht keine Chance.“
Er zündete seine Pfeife an und der Raum füllte sich mit einem angenehmen Duft.
„Sagen Sie, Herr Hoffmann, worum geht es Ihnen wirklich? Geht es darum, Ihren Job wiederzukriegen oder um die Sache?“

„Wie meinen Sie das?“, wollte Arthur wissen.
„Ich meine, wären Sie bereit, die rote Clownsnase abzusetzen, um Ihren alten Job wiederzubekommen?“
„Niemals.“
Dr. Weber schmunzelte. „Ich glaube, ich beginne zu verstehen.“
Er lehnte sich zurück und zog nachdenklich an seiner Pfeife.
„Um eine Chance zu haben, müssten wir vielleicht ungewöhnliche Wege gehen“, sagte er mehr zu sich als zu Arthur. Erneut zog er an seiner Pfeife. Verschmitzt grinste der Anwalt Arthur an.
„In Ordnung. Ich übernehme Ihren Fall. Einen Klienten wie Sie hatte ich zwar noch nicht, aber das ist ja gerade die Herausforderung.“
Arthur nickte zufrieden.
„Ich benötige einige Angaben und Unterlagen von Ihnen.“
Weber nahm den Telefonhörer ab. „Doris, bringen Sie uns bitte Kaffee.“

Arthur war zurück im Rennen.

15. Kapitel

Als Arthur nach Hause kam, klingelte das Telefon. Noch im Mantel lief er ins Wohnzimmer und nahm den Hörer ab.
„Sind Sie Arthur Hoffmann?“, meldete sich eine junge Frauenstimme.
„Am Apparat.“
„Hier Lucy Klee. Ich bin Reporterin und möchte mit Ihnen ein Interview machen.“
„Ein Interview? Mit mir? Sind Sie sicher, dass Sie den richtigen Arthur Hoffmann angerufen haben?“
„Sie sind doch der mit der Clownsnase, oder?“
Arthur fühlte sich unbehaglich.
„Ich würde Sie gerne heute treffen. Dann kriege ich Sie noch in die morgige Ausgabe. Was halten Sie vom Frankfurter Hof? Wäre Ihnen sechzehn Uhr recht?“
„Ich weiß nicht recht. Was wollen Sie denn von mir wissen?“ Arthur war unsicher.
„Das klären wir dann, Herr Hoffmann. Also, bis sechzehn Uhr.“ Der Hörer wurde aufgelegt.
Arthur stand ratlos vor dem Telefon. Was sollte er denn in einem Interview sagen, und wie kam man gerade auf ihn? Seine rote Nase konnte doch nun wirklich nicht interessant genug für die Zeitung sein. Er zog seinen Mantel aus, ging in die Küche und machte sich etwas zum Mittagessen.

Um sechzehn Uhr öffnete ein livrierter Hotelangestellter die Tür des Frankfurter Hofs, und Arthur

trat ein. Er hatte keine Ahnung, wie Lucy Klee aussah. Langsam spazierte er am Concierge vorbei und schaute sich aufmerksam um, ohne zu wissen, wen er eigentlich suchte.
Er erreichte einen Saal, der klassisch und gemütlich eingerichtet war.
Die leisen Klänge eines Klaviers tanzten durch den Raum. Die Atmosphäre war ruhig und gediegen. Die Gäste saßen in bequemen Sesseln und genossen ihren Tee oder Kaffee.
„Hallo, Herr Hoffmann, ich bin Lucy Klee." Eine junge blonde Frau stand vor ihm.
„Angenehm." Sie schüttelten die Hände.
„Unser Tisch ist dahinten." Sie ging voraus, Arthur folgte. Er spürte die Blicke der anderen Gäste. Doch das störte ihn nicht mehr.
Dennoch hatte er das Gefühl, dass die Nase in einer vornehmeren Umgebung anders wahrgenommen wurde. Man schaute, man tuschelte, aber man zeigte nicht mit dem Finger auf ihn oder grölte gar durch den Raum, wie in der U-Bahn.
Am Tisch begrüßte ihn ein dunkelhaariger Mann mit Schnauzer. Er hielt eine Kamera in der Hand. Sein Name war Lorenzo.
Lucy Klee erklärte, dass die beiden ein Team wären. Sie schrieb, er fotografierte.

Arthur nahm auf dem Sofa Platz. Lucy Klee setzte sich ihm gegenüber auf einen Sessel, und Lorenzo blieb stehen. Auf dem Tisch stand ein Aufnahmegerät.

Ein Kellner kam, und Arthur bestellte einen Kaffee. Die beiden anderen hatten ihre Getränke bereits. Sie ein Wasser, Lorenzo ebenfalls Kaffee.
Bis der Kellner die Bestellung brachte, herrschte Stille.
Arthur musterte die Reporterin. Sie war Anfang dreißig. Ihre blonden Haare trug sie hochgesteckt. Den grauen Tweedmantel hatte sie anbehalten. Darunter schauten ein schwarzer Pullover und schwarze Hosen hervor. Sie wirkte sehr natürlich, wenn auch ein wenig hektisch, aber das mochte am Beruf liegen, dachte Arthur. Reporter mussten ja immer schnell sein.
Der Kaffee wurde gebracht, und Lucy Klee ergriff das Wort.
„Danke, dass Sie gekommen sind. Das wird ein tolles Interview. Es wird Ihnen bestimmt Spaß machen."
„Ich weiß gar nicht so recht, was Sie von mir wollen, Frau Klee. Ich kann mir nicht vorstellen, warum ich für die Zeitung interessant sein sollte."
„Nennen Sie mich Lucy."
Darauf entgegnete Arthur nichts. Diese Frau war ihm nicht unsympathisch. Aber er kannte sie ja erst seit fünf Minuten. Er hasste diese Duzerei.
Für einen Moment entstand eine peinlich Stille. Dann fragte Lucy Klee, „Ist das Ihr erstes Interview?"
Arthur nickte.
„Kein Problem. Wir können uns ja erst einmal ein bisschen kennen lernen, bevor wir anfangen. So eine Art Warm up."
Eine Art was? dachte Arthur, traute sich aber nicht zu fragen.

„Sehen Sie, das Aufnahmegerät ist noch aus."
Sie hielt den kleinen elektronischen Kasten in die Luft. Ihre Stimme war tief und ruhig, als würde sie ein Pferd beruhigen wollen.
„Ich finde übrigens Ihre Nase sehr originell. Wo haben Sie sie denn her?"
Oh Gott, er konnte dieser Frau doch unmöglich erklären, dass er sie geklaut hatte. Wenn das herraus kam, würde man wahrscheinlich sofort die Polizei holen.
„Das weiß ich nicht mehr so genau."
„Und seit wann tragen Sie sie?"
„In der Öffentlichkeit seit gestern."
„In der Öffentlichkeit?"
„Na ja, zuvor trug ich sie nur zuhause."
„Aha." Pause.
„Wenn Sie nichts dagegen haben, mache ich das Aufnahmegerät jetzt an."
„Ja, bitte." Arthur starrte den kleinen Rekorder auf dem Tisch an und spürte, wie er verkrampfte.
Lucy Klee nahm jetzt Haltung an, als würde eine Kamera laufen. Sie räusperte sich.
„Also, Herr Hoffmann, warum wurden Sie von Ihrer Bank entlassen?"
Arthur fuhr der Schreck in die Knochen.
„Woher wissen Sie das?"
„Ja, aber deswegen sind wir doch hier. Sie wurden von der Bank entlassen, obwohl Sie Ihre Arbeit gut gemacht haben. Der einzige Grund für Ihre Entlassung war die Clownsnase. Sie sind der Meinung, dass es Ihr gutes Recht ist, eine Clownsnase zu tragen. So wie

andere Menschen ihr Recht auf ihre Individualität wahrnehmen, möchten Sie das auch tun. Man lässt Sie aber nicht, kündigt Sie fristlos, und jetzt wollen Sie sich wehren."

Arthur musste zugeben, dass dies eine äußerst kompakte Zusammenfassung seines Falls war. Aber woher wusste diese Frau das alles?

„Wenn Sie bereits alles wissen, Frau Klee … äh … Frau Lucy, warum fragen Sie mich dann?"

Lucy Klee seufzte. „Weil ich es aus Ihrem Munde hören will. Das ist der Sinn und Zweck eines Interviews, Herr Hoffmann. Unsere Leser wollen Ihre Geschichte aus erster Hand."

„Ah, so funktioniert das."

„Ganz recht, so funktioniert das." Lucy Klees Geduld wurde auf die Probe gestellt.

„Nun gut." Arthur trank einen Schluck Kaffee. Lorenzo, der Fotograf, setzte sich auf den noch freien Sessel und schaute Arthur interessiert an.

„Also, das war so." Arthur begann seine Geschichte zu erzählen, so wie er es bereits bei Dr. Weber, seinem Anwalt, getan hatte.

Er wurde nicht unterbrochen. Es gab keine Zwischenfragen. Die Journalistin und der Fotograf hingen ihm an den Lippen. Lucy Klees Gesicht lebte jede Stelle der Geschichte mit. Wie ein Kind hielt sie den Atem an, wenn es spannend wurde, legte in kritischen Momenten die Stirn in Falten und seufzte laut, als es traurig wurde.

Als Arthur seine Geschichte beendet hatte, drückte Lucy Klee auf die Stopp-Taste des Aufnahmegeräts, lachte Arthur an und sagte: „Das war klasse. Eine Top-Story."

Entschlossen stand sie auf. „So, jetzt machen wir noch ein paar Fotos."

Lorenzo zückte die Kamera und fotografierte Arthur von allen Seiten.

Das Blitzlicht schoss durch den Raum, und die anderen Gäste schauten neugierig herüber.

„Das machen Sie wirklich ganz hervorragend", lobte Lucy Klee. Arthur wusste nicht, was sie meinte. Schließlich saß er ja einfach nur auf einem Sofa und ließ sich fotografieren.

„Und jetzt gehen wir noch zu Ihrer Bank. Ich möchte noch ein paar Bilder von Ihnen vor der Filiale haben."

Arthur schluckte. Die Vorstellung, einem seiner ehemaligen Kollegen zu begegnen, war ihm unangenehm.

„Muss das sein?", fragte er. „Sie haben doch schon so viele Aufnahmen von mir gemacht."

„Ja, das muss sein", sagte die junge Reporterin resolut. „Kommen Sie, es geht schnell. Danach lasse ich Sie wieder in Ruhe."

Lucy Klee bezahlte alles, was Arthur nicht recht war. Doch sie meinte, die Rechnung würde die Zeitung übernehmen.

Dann verließen sie den Frankfurter Hof und gingen zu Arthurs ehemaliger Filiale, die nur drei Fußminuten entfernt lag.

Als sie die Filiale erreichten, ließ Arthur einen Moment den Blick über den Friedrich-Stoltze-Platz schweifen. Die Menschen eilten über den kleinen Platz wie eh und je. Nichts hatte sich verändert. Warum auch, dachte Arthur. Weshalb sollte heute alles anders sein als gestern, nur weil er gekündigt worden war.

Arthur wurde von Lucy Klee angewiesen, sich vor den Eingang der Bankfiliale zu stellen. Lorenzo drückte drei-, viermal auf den Auslöser, und alles war erledigt.
Man verabschiedete sich voneinander. Das Reporter-Team zog eilig davon.
Nach ein paar Schritten machte Lucy Klee kehrt und kam zurück. Sie gab Arthur noch ihre Karte. Falls sich etwas Interessantes ergeben würde, sollte er sie auf jeden Fall anrufen.
Sie hielt kurz inne und lächelte Arthur freundlich an. Sie sprach leise. „Ich mag Ihre Nase."
Dann drehte sie sich um und lief, laut schimpfend, Lorenzo hinterher, der nicht auf sie gewartet hatte.
Arthur blieb zurück.

Er stand vor seiner Bank und blickte auf die Eingangstür und die langweiligen Schaufenster.
Dies war zweiundzwanzig Jahre lang sein Arbeitsplatz gewesen. Seine Kollegen waren drinnen, und er stand draußen. Er gehörte nicht mehr dazu.

16. Kapitel

Am nächsten Morgen wachte Arthur später auf als sonst. Normalerweise hätte er schon eine Stunde gearbeitet. Er duschte und rasierte sich, zog die rote Nase auf und schlüpfte rasch in einen Anzug. Dann lief er zügig die Treppe hinunter zu seinem Briefkasten.

Wie jeden Morgen wartete die Frankfurter Allgemeine bereits auf ihn. Noch am Briefkasten blätterte er sie durch und suchte Lucy Klees Artikel. Nichts.

Erst jetzt fiel ihm ein, dass er überhaupt nicht gefragt hatte, für welche Zeitung Lucy Klee arbeitete.

Zurück in seiner Wohnung ging er in die Küche. Auf dem Küchentisch lag noch die Karte der jungen Reporterin. Arthur erkannte auf den ersten Blick die vier Buchstaben auf rotem Grund. Lucy Klee arbeitete für die Bild-Zeitung.

Sofort verließ er wieder die Wohnung, lief erneut die Treppenstufen hinunter und ging schnellen Schrittes zum nächsten Kiosk.

„Eine Bild-Zeit…“

Arthurs Blick wanderte nach unten. Direkt vor ihm lag ein Stapel Zeitungen, und was er als erstes sah, war er selbst.

Mitten auf der ersten Seite der Bild-Zeitung sah er einen Mann mit einer roten Clownsnase im Gesicht. Im Hintergrund eine Bankfiliale – seine Bankfiliale.

„Lassen Sie sich das nicht gefallen.“

Arthur starrte in das Gesicht eines kleinen alten Mannes mit Zigarettekippe im Mund.
Der Mann schien ihn zu kennen.
„Jeder kann rumlaufen, wie er will. Das ist jedenfalls meine Meinung."
Arthur schaute den Mann entgeistert an.
„Sie brauchen nicht zu bezahlen. Geht aufs Haus." Der Alte lachte.
Arthur nickte und nahm die Zeitung mit. Noch im Gehen begann er zu lesen.
Die Überschrift auf der Titelseite lautete:
Nicht zum Lachen. Bank feuert Clown.
Dann folgten eine kurze Einleitung zu Arthur Hoffmann und seine Geschichte in Grundzügen. Einige Seiten weiter wurde die Story ausführlicher fortgesetzt. Ein Bild zeigte Arthur auf dem Sofa beim Kaffee.
Er wurde als Held dargestellt. Einer, der sich nicht beugt, der seinen eigenen Weg geht. Sicher, das Tragen einer roten Clownsnase wurde durchaus als ungewöhnlich beschrieben. Aber war es nicht gerade das, was das Land brauchte? Menschen, die wieder sie selbst waren. Echte Individualisten eben.
Es folgte eine Beschreibung seines tristen Alltags als Kassierer. Hier war der „liebenswürdige Clown" umgeben von Kollegen, die zu ihren Mitmenschen nur freundlich waren, wenn sie ein Geschäft witterten.
Von all dem hatte Arthur während des Interviews nichts gesagt.
Lucy Klee ging sogar noch weiter: Sie beschrieb Arthur als einen Menschen, der durch seine rote

Clownsnase im wahrsten Sinne des Wortes Farbe bekannte. Eine kleine runde Nase, die nicht mehr und nicht weniger ausdrücken sollte, als dass Arthur anders war, dass er ein Herz hatte und bereit war, sich dazu zu bekennen. Wie viel besser sähe die Welt aus, wenn mehr Menschen dazu bereit wären.
Doch die Fraktion der Konformisten schlug zurück. Arthur schwor seiner roten Nase nicht ab. Er war nicht korrumpierbar. Deshalb musste er mit dem Verlust seines Arbeitsplatzes bezahlen.
Arthur wurde als ein einsamer Streiter in einem aussichtslosen Kampf dargestellt. Denn welches Arbeitsgericht würde für ihn entscheiden? Die hohen Herren am Gericht bestanden ja zum größten Teil selbst aus Konformisten. Und so weiter und so fort.

Arthur kam aus dem Staunen nicht mehr heraus. Nie hatte er damit gerechnet, auf der Titelseite zu erscheinen, und der Artikel war ihm peinlich.
Das alles war vollkommen übertrieben. Er fühlte sich nicht als Held. Er war nicht in der Lage zu sagen, was er war, aber ein Held war er ganz sicher nicht.
Zuhause angekommen ging er in die Küche und schenkte sich ein Glas kalte Milch ein. Dann klingelte das Telefon. Arthur ging ins Wohnzimmer und nahm den Hörer ab.
„Und, wie finden Sie es?“ Arthur erkannte Dr. Webers tiefe Stimme.
„Wie finde ich was?“, fragte Arthur gereizt.
„Na, den Artikel.“ Dr. Webers Stimme klang triumphierend.

„Nun, ich weiß nicht so recht." Arthur hatte keine Ahnung, was er sagen sollte.
„Ich habe zu Lucy gesagt, sie soll einen Helden aus Ihnen machen, und ich finde, das ist ihr gelungen." Dr. Weber war offensichtlich zufrieden.
„Was haben Sie mit Lucy Klee zu tun?"
„Aber Herr Hoffmann, ich habe Lucy angerufen und Ihre Geschichte empfohlen. Dass sie Sie sogar auf die Titelseite kriegt, damit habe selbst ich nicht gerechnet. Aber die Kleine ist einfach spitze. Sie findet Sie übrigens sehr nett."
„Sie meinen, das alles haben Sie inszeniert?"
„Wenn wir eine Chance haben wollen, brauchen wir PR, Herr Hoffmann."
„Und Sie meinen, ein solcher Artikel hilft?"
„Garantieren kann ich nichts. Aber wir sind auf dem Weg, Herr Hoffmann. Können Sie sich vorstellen, was heute bei Ihren Kollegen in der Bank los ist? Ich würde sonst was dafür geben, diese Gesichter zu sehen. Sie doch auch, oder?"
„Na ja, ich weiß nicht...."
„Wir bauen jetzt öffentlichen Druck auf, Herr Hoffmann. Nur so können Sie gewinnen. Wenn nicht im juristischen Sinne, dann doch im moralischen. Und das war Ihnen ja wichtig, nicht wahr?"
Dr. Weber legte auf.

Arthur war sich nicht mehr sicher, ob er tatsächlich den richtigen Anwalt hatte. Er wollte seine Interessen vertreten sehen und nicht als Sau durchs Dorf getrieben werden. Doch nun gab es kein Zurück. Der

Artikel war ja bereits erschienen. Was sollte er jetzt machen?
Erst einmal zur Ruhe kommen. Er kochte Kaffee und versuchte, einen klaren Gedanken zu fassen. Die ganze Geschichte nahm ihren Lauf, ohne seinen Einfluss, aber mit ihm als Hauptdarsteller. So hatte er sich das nicht vorgestellt. Aber was hatte er sich eigentlich vorgestellt? Arthur war überfordert.
Er hatte die Nase doch nur aufgesetzt, weil er er selbst sein wollte. Er war auf der Suche nach sich selbst.
Und tatsächlich hatte er ja auch Fortschritte gemacht. Seit er die Nase trug, war das Rumoren weg. Ihm war zwar noch immer nicht nach Lachen zumute, aber er fühlte sich besser. Doch um welchen Preis?
Er hatte seinen Job verloren, war der Aufmacher der Bild-Zeitung, und alles wuchs ihm über den Kopf. Das Schlimmste war, er konnte nichts dagegen unternehmen.
Arthur saß in einem Zug, der immer schneller fuhr. Fürs Abspringen war es bereits zu spät.
Wieder klingelte das Telefon. Arthur ging ins Wohnzimmer. Lucy Klee war am Apparat.
„Haben Sie es gelesen? Jetzt kennt Sie ganz Deutschland."
Arthurs Knie wurden weich. „Ja, äh, nett."
„Nett? Wissen Sie eigentlich, was hier los ist? Die Telefone laufen heiß. Alle wollen mehr über Sie erfahren. Sie sind ein Star."
Arthur entgegnete nichts.
„Ist alles in Ordnung mit Ihnen? Ich meine, waren Sie unzufrieden mit dem Artikel?"

„Ja... nein... Sie haben ja nur Ihre Arbeit gemacht. Es ist nur... ich weiß nicht, wie ich es ausdrücken soll."
„Es ist für Sie ungewohnt, nicht wahr?"
Lucy Klees Stimme wurde ganz leise.
„Wissen Sie, es gibt viele Menschen, die würden alles dafür tun, auf der Titelseite zu stehen."
„Nun, um ehrlich zu sein, es beunruhigt mich eher."
„Ja, das dachte ich mir. Deswegen rufe ich auch an. Ich wollte hören, ob alles in Ordnung ist."
Arthur war erstaunt. Er hatte Lucy so viel Sensibilität nicht zugetraut.
„Dr. Weber hat sich sehr bemüht, Sie zu einer Story zu machen. Anfangs dachte ich, Sie wären auch nur so ein Blitzlichtsüchtiger. Nach dem Interview war ich mir aber nicht mehr so sicher."
Arthur seufzte in den Telefonhörer.
„Es geht Ihnen wirklich um die Sache, nicht wahr? Es geht Ihnen wirklich um Ihre persönliche Freiheit und nicht darum, in die Medien zu kommen, oder?"
„Es geht mir um mich, Frau Klee. Die Medien interessieren mich nicht."
„Das dachte ich mir", sagte sie verständnisvoll.
„Ich mache Ihnen einen Vorschlag. Wenn Sie einen Rat brauchen, rufen Sie mich an. Ich werde Ihnen helfen. Nicht als Reporterin, sondern als Freundin."
„Wie kann ich Sie um Rat fragen, wenn Sie über mich schreiben, Frau Klee?"
Arthur traute ihr nicht.
„Das stimmt. Ich werde auch weiter an Ihrer Geschichte schreiben. Aber ich werde Sie nicht in die

Pfanne hauen. Da können Sie sicher sein. Ich bin auf Ihrer Seite."
Arthur war unsicher.
„Glauben Sie mir, was Sie jetzt brauchen, ist ein Freund."
Und damit hatte Lucy Klee verdammt recht.

17. Kapitel

Kaum hatte Arthur aufgelegt, klingelte es an der Tür. Als er öffnete, schaute er plötzlich in gleißendes Licht. Geblendet wich er zurück. Das Licht folgte ihm unbarmherzig in die Wohnung.
„Herr Hoffmann, möchten Sie zu Ihrer Entlassung Stellung nehmen? Warum tragen Sie eine rote Clownsnase? Haben Sie eine besondere Botschaft? Was möchten Sie der Welt mitteilen? Was sagt eigentlich Ihre Familie dazu? Haben Sie Familie?“
Arthur wusste nicht wie ihm geschah.
„Was wollen Sie…?“
Nur langsam gewöhnten sich seine Augen an das grelle Licht. Mitten in seiner Wohnung standen zwei fremde Männer, einer mit einer Kamera auf der Schulter. An der Kamera war ein Scheinwerfer angebracht, der weißes Licht auf Arthurs Gesicht nagelte. Neben dem Kameramann stand ein hagerer Mann mit einem Mikrofon in der Hand.
„Wir sind von…“, versuchte der Reporter schnell zu antworten, doch er kam nicht weit.
„Es interessiert mich nicht, wer Sie sind. Sie haben hier nichts verloren. Gehen Sie. Sofort. Raus!“
Er drängte die verdutzten Journalisten aus seiner Wohnung und schlug ihnen die Tür vor der Nase zu. Sofort klingelte es wieder.
Arthur schaute durch den Spion in der Tür. Die beiden Fernsehleute ließen sich nicht so leicht abwimmeln. Der Mann mit dem Mikrofon ahnte wohl, dass

er durch das kleine Guckloch in der Tür beobachtet wurde. Bemüht freundlich grinste er die geschlossene Tür an.
Arthur ging in die Küche. Es klingelte noch zweimal. Doch er ignorierte die Journalisten.
Ihm war klar, dass er heute die Wohnung nicht mehr verlassen konnte. Wer wusste schon, was diesen Leuten noch alles einfallen würde. Für einen Moment überlegte er, Lucy Klee anzurufen. Doch diesen Gedanken verwarf er gleich wieder. Obwohl Frau Klee sehr nett war, war sie schließlich eine Reporterin.

Am späten Nachmittag schaltete Arthur den Fernseher an. Er konnte sich nicht erinnern, jemals so früh ferngesehen zu haben. Doch zum Lesen fehlte ihm die Ruhe.
Mit einem Glas Milch in der einen und der Fernbedienung in der anderen Hand schaltete er durch die Programme. Es gab nur Blödsinn, aber genau das brauchte Arthur jetzt auch.
Nach etwa einer Stunde hätte er nicht sagen können, was er bisher gesehen hatte. Die flimmernden Bilder und der Geräuschpegel dienten ihm als Ablenkungskulisse. Denn das ewige Nachdenken über seine Situation führte zu nichts.
Er schaltete von einem Sender zum nächsten. Was er sah, war das Mosaikbild einer verrückt gewordenen Gesellschaft.
In einem Programm schrien sich zwei Talkshowgäste an, im nächsten gab es einen Bericht über einen korrupten Politiker, der sich weigerte zurückzutreten,

danach gestand eine Frau, dass sie Nymphomanin sei, es folgte ein Koch, der seine gefüllte Pute lobte, es ging weiter mit Arthurs Haus, danach rettete ein Feuerwehrmann… Moment, Arthurs Haus? Schnell schaltete Arthur das Programm zurück.

Tatsächlich, da war das Haus, in dem er wohnte, sein Haus, das, in dem er sich gerade befand. Davor stand der Reporter von heute Morgen.

Arthur starrte in den Fernseher, als sähe er eine Erscheinung.

Der Reporter berichtete von dem „Haus des Clowns".

„Hier wohnt er also, der arbeitslose Clown. In diesem Haus lebt der Mann, der tapfer um sein Recht und seine Freiheit kämpft."

Das konnte, das durfte doch nicht wahr sein.

Der Reporter betrat das Treppenhaus, ging in den ersten Stock und klingelte an der Tür von Seiferts.

Frau Seifert öffnete sofort und bat den Reporter herein. Im Wohnzimmer wartete bereits Susi, die siebzehnjährige Tochter. Alle gingen in das Wohnzimmer.

Mutter und Tochter nahmen auf dem Sofa Platz, und das Interview begann.

Reporter: „Wie lebt es sich denn so mit einem Clown unter einem Dach?"

Mutter: „Ach, von Herrn Hoffmann haben wir nie viel mitbekommen. Aber wenn man ihn mal sah, dann grüßte er immer sehr freundlich."

Tochter: „Ich habe ihn früher immer für einen Spießer gehalten. Ist er aber nicht. Ei gentlich ist er total süß."

Mutter: „Der Mann ist sehr korrekt. Geht jeden Morgen… oder besser, er ging jeden Morgen zur Arbeit. Er hat ja keine Arbeit mehr. Und immer trug er einen schicken Anzug. Er ist ein ordentlicher Mensch."

Reporter: „Seit wann trägt Arthur Hoffmann denn eine Clownsnase?"

Mutter: „Ich weiß nicht so genau. Also, um ehrlich zu sein, habe ich es erst heute Morgen aus der Zeitung erfahren."

Tochter: „Ich habe ihn neulich abends schon ein mal mit der Clownsnase im Treppenhaus getroffen. Aber ich glaube, das war ihm irgendwie peinlich."

Reporter: „Peinlich? Wie meinen Sie das?"

Tochter: „Na ja. So was merkt man doch. Er wollte gerade den Müll runterbringen, und da trafen wir uns zufällig im Treppenhaus. Er wirkte ziemlich verlegen."

Reporter: „Was haben Sie gemacht?"

Tochter: „Ich war natürlich ganz schön baff. Einen Mann mit roter Clownsnase trifft man ja nicht alle Tage. Schon gar nicht, wenn es dein Nachbar ist. Und gerade Herr Hoff mann machte doch immer einen so braven Eindruck. Da war ich natürlich platt."

Reporter: „Was hat Herr Hoffmann in diesem Mo-* ment gemacht?“

Tochter: „Gar nichts. Wir haben uns gegrüßt, und ich habe ihm die Tür aufgehalten. Er hatte ja in beiden Händen Mülltüten.“

Reporter: „Was halten Sie von Arthur Hoffmann?“

Mutter: „Es ist schon komisch, einen prominenten Nachbarn zu haben.“

Tochter: „Ich find’s klasse. Meine Freunde wollten mir nicht glauben, dass der Clown… äh, Herr Hoffmann bei uns im Haus wohnt.“

Reporter: „Was glauben Sie, hatte die Bank recht, als sie Herrn Hoffmann kündigte?“

Tochter: „Auf keinen Fall. Jeder Mensch muss doch so leben können, wie er will. Er hat doch keinem damit geschadet. Wir leben schließlich in einem freien Land. Und das gilt auch für Herrn Hoffmann.“

Mutter: „Ja, im Prinzip denke ich das auch. Aber wenn ich mir vorstelle, ich käme in meine Bank, und ich würde von einem Clown bedient werden… na ja, ehrlich gesagt, wäre das schon komisch.“

Tochter: „Aber Mama, solange der Mann seine Arbeit gut macht, wo ist das Problem?“

Mutter: „Ja ja, das stimmt schon, solange alles korrekt läuft, ist es ja eigentlich egal, wie er aussieht.“

Arthur war fassungslos. Was ging die Seiferts sein Leben an? Was fiel diesem Reporter ein? Er fühlte sich ausgeliefert, machtlos, und das steigerte seine Wut. Er rannte zum Telefon.
Nach einem kurzen Zögern wählte er Lucy Klees Nummer. Sie hatte ihm ja angeboten zu helfen.

„Das ist doch klar. Wenn die keine Story von Ihnen bekommen, dann holen die sich ihre Geschichte eben woanders. Sie waren heute auf der Titelseite der Bild-Zeitung. Das dürfen Sie nicht vergessen. Jetzt will jeder ein Stück vom Kuchen. Ereignisse sind ein Geschäft. So ist das eben."
Arthur traute seinen Ohren nicht. Ein Geschäft? Hier ging es doch um ihn. Er fragte, was er dagegen tun könne.
Lucy Klees Antwort war so kurz wie eindeutig: „Nichts."

Arthur legte auf. Ihm wurde schwindlig. Doch um ohnmächtig zu werden, war keine Zeit. Das Telefon klingelte.
„Spricht dort Arthur Hoffmann?"
„Ja, das bin ich."
„Wunderbar. Schneider hier, von der Redaktion ‚Menschen im Blickpunkt'. Wir würden gern morgen bei Ihnen vorbeikommen und ein Interview mit Ihnen machen."
Arthur hatte keine Lust mehr auf Interviews. Er nahm seinen ganzen Mut zusammen.
„Und wenn ich nicht will?"

„Dann recherchieren wir eben ein bisschen über Sie, und was uns fehlt… nun ja, der menschlichen Fantasie sind keine Grenzen gesetzt. Also, wenn Sie nicht wollen, auch gut."
Arthur war entsetzt über die Kaltblütigkeit am anderen Ende der Leitung.
„Kann ich Sie zurückrufen?"
„Aber sicher. Innerhalb der nächsten Stunde muss ich aber Bescheid wissen. Ich muss schließlich planen."
Der Redakteur hinterließ seine Nummer.

Gleich danach rief Arthur Lucy Klee an.
„Ah, gut, dass Sie anrufen. Ich wollte mich auch gerade wieder bei Ihnen melden."
Es ging zu wie im Taubenschlag.
„Hören Sie, Arthur, morgen sind Sie wieder Titelstory. Das hat eben gerade der Redaktionsleiter gesagt. Die Chefredaktion aus Berlin hat angerufen und ist der Meinung, dass Sie ein echter Hammer sind. Wir kriegen massenweise E-Mails, und die Telefone stehen nicht still. Die Leute wollen sich mit Ihnen solidarisieren. Unsere Leser stehen auf Ihrer Seite. Wann ist die Verhandlung vor dem Arbeitsgericht?"
„Möglichst bald, hoffe ich. Herr Dr. Weber sagte, jetzt müsse alles sehr schnell gehen, um die Gunst der Stunde zu nutzen. Was immer er damit gemeint hat."
„Dann werden Sie bei uns wahrscheinlich noch so lange das Thema Nummer eins bleiben. Es sei denn, es kommt ein Flugzeugabsturz oder so was wie ein Erdbeben dazwischen."

Arthur ertappte sich dabei, dass er einen Flugzeugabsturz herbeisehnte.
„Ich wollte Sie etwas fragen, Lucy. Ein Redakteur von ‚Menschen im Blickpunkt' hat angerufen. Er sagte, falls ich mich nicht mit ihm zum Interview treffe, erfindet er einfach eine Geschichte über mich."
„Die von ‚Menschen im Blickpunkt' sind auch an Ihnen dran? Na, herzlichen Glückwunsch. Treffen Sie sich auf jeden Fall mit denen. Die sind skrupellos. Wenn die nicht bekommen, was sie wollen, können die unangenehm werden."
Arthur wurde übel.
„Passen Sie auf, Arthur." Lucys Stimme bekam etwas Verschwörerisches.
„Ich komme heute Abend bei Ihnen vorbei, und dann besprechen wir alles. Ich bin um acht bei Ihnen."
Lucy legte auf.
Daraufhin rief Arthur gleich den Redakteur von ´Menschen im Blickpunkt´ an und vereinbarte einen Termin mit ihm.
„Muss das Interview bei mir zuhause stattfinden?"
„Die Leute wollen wissen, wie der Clown wohnt, Herr Hoffmann. Wir sind morgen gegen elf bei Ihnen. Bis dann."

Arthur ging in die Küche. Diesmal trank er keine kalte Milch, um einen klaren Gedanken fassen zu können. Er brauchte einen Cognac.

18. Kapitel

Um kurz nach acht klingelte es. Als Arthur die Tür öffnete, stand Lucy Klee mit einer Papiertüte vor ihm.

„Ziehen Sie die Nase eigentlich nie ab?“, fragte sie.

„Nur zum Schlafen. Sonst nicht.“

„Haben Sie schon was gegessen? Ich habe Nudeln, Tomaten und Rotwein mitgebracht.“

„Kommen Sie rein.“

Arthur nahm ihr den Mantel ab.

Sie gingen in die Küche.

„Ich dachte mir, dass Sie keine große Lust hätten, das Haus zu verlassen. Deswegen habe ich vorher noch eingekauft.“

Lucy schaute sich in der Küche um.

„Setzen Sie sich“, sagte sie. „Ich mach’ das schon.“

Dann schaute sie in alle Schränke und suchte sich Pfannen, Töpfe und Zutaten zusammen.

„Haben Sie frischen Knoblauch? Spaghetti ohne Knoblauch sind wie Italien ohne das Meer.“

Sie hatte eine erfrischende Art, und ihre Natürlichkeit wirkte auf Arthur beruhigend. Er reichte ihr eine Knoblauchzehe.

„Eine reicht nicht. Ich brauche mindestens drei.“

Dann grinste sie verschmitzt.

„Morgen kommen doch die Reporter von ‚Menschen im Blickpunkt‘, oder? Dann nehme ich lieber vier. Schließlich wollen wir ja nicht, dass die Ihnen zu sehr auf die Pelle rücken.“

Die junge Frau imponierte Arthur. Allmählich verlor er seine Scheu. Sein Körper entspannte sich.
„Machen Sie doch schon mal den Wein auf."
Arthur holte einen Korkenzieher und öffnete den Wein.
Die Küche füllte sich mit einem angenehmen Duft. Es roch nach Olivenöl, gerösteten Zwiebeln und natürlich nach Knoblauch. Frische Kräuter entfalteten ihr Aroma und mitten drin agierte Lucy Klee mit gekonnten Handgriffen.
Arthur probierte den Wein und war beeindruckt von der guten Wahl der jungen Frau. Lucy schmeckte die Sauce ab und hob anerkennend die Augenbrauen.
„Probieren Sie mal." Sie hielt ihm einen kleinen Löffel hin. Den, von dem sie auch probiert hatte. Sie pustete, damit er sich nicht den Mund verbrannte, wie es eine Mutter bei ihrem Kind getan hätte.
Arthur probierte. Es schmeckte köstlich. Er fühlte sich wohl.
Die Anwesenheit der jungen Frau, die Wärme der Küche und der wunderbare Duft des Essens, all das legte sich um ihn herum wie ein warmer, weicher Mantel.
Er schenkte ihr ein Glas Wein ein. Sie standen vor den brutzelnden, dampfenden Töpfen und stießen an.
Arthur sah, dass sie die Augen schloss, als der Wein ihre Zunge berührte.
„Mmmh….", stellte sie fest.
„Sie können den Tisch decken. Das Essen ist gleich fertig."

Arthur holte Besteck und zündete zwei Kerzen an. Gleichzeitig wurde ihm die romantische Atmosphäre in der Küche bewusst. Irgendwie war ihm die plötzliche Intimität mit dieser Frau ein wenig peinlich, andererseits genoss er sie auch.

Er konnte sich nicht daran erinnern, jemals eine Frau bei sich zuhause gehabt zu haben, abgesehen von seiner Mutter. Dieser Abend war etwas sehr Ungewöhnliches.
Die letzten Tage waren alle sehr ungewöhnlich – sie waren furchtbar. Warum sollte er jetzt nicht auch einmal genießen? Gutes Essen, guter Wein und die Anwesenheit einer attraktiven Frau, die vielleicht sogar eine gute Freundin werden könnte.
Er schenkte Wein nach, und sie präsentierte zwei dampfende Nudelteller.
„Voilà, Pasta à la Lucy."
Sie setzten sich, tranken Wein und aßen. Es schmeckte köstlich. Arthur konnte sich nicht erinnern, jemals so gute Spaghetti gegessen zu haben.
„Sie sind ein Naturtalent", lobte er.
„Das will ich meinen", lachte sie.
„Wenn Sie sich jetzt Ihre Nase bekleckern, sieht man es kaum. Rote Nasen sind bei Tomatensauce sehr vorteilhaft. Äußerst praktisch. Man sollte rote Clownsnasen in italienischen Restaurants verteilen. Was meinen Sie?"
„Schön, dass Sie gekommen sind", hörte sich Arthur sagen.
„Das finde ich auch."

„Kann ich Ihnen denn vertrauen?"
Arthur, was machst du da? Du zerstörst ja die ganze schöne Stimmung.
„Das können Sie, Arthur, das können Sie. Aber all das, was jetzt über Sie hereinbricht, kann ich nicht verhindern."
Arthur schaute sie ernst an.
„Sie müssen da jetzt durch. Aber ich werde Ihnen Beistand leisten, wenn Sie es möchten."
Arthur nickte. Ja, das wollte er. Er wollte ihren Beistand. Er wollte nicht mehr allein sein.
„Sie werden noch einige Wochen das Thema sein. Das ist sicher. Wir haben selten so viele Reaktionen von Lesern erhalten wie bei Ihrer Story."
„Aber wieso, was ist an mir schon interessant? Eine Clownsnase kann doch nicht solche Reaktionen hervorrufen."
„Doch. Sie haben einen Nerv getroffen, Arthur. Die richtige Geschichte zur richtigen Zeit. Die Menschen haben es satt, sich immer nur anzupassen und immer nur das zu tun, was von ihnen erwartet wird. Sie dürfen nicht vergessen, Deutschland ist ein Land, in dem das so genannte politisch korrekte Verhalten auf die Spitze getrieben wird. Und dann kommen Sie mit Ihrer Clownsnase."
„Aber was wollen die Leute von mir?"
„Sie sehen sich selbst in Ihnen. Sie, Arthur, wollen anders sein als die anderen und sind bereit, dafür zu kämpfen. Dafür fehlt den meisten der Mut. Arthur Hoffmann kämpft stellvertretend für die anderen. Deswegen sind alle auf Ihrer Seite. Die Menschen

wollen Sie siegen sehen, weil sie dann das Gefühl haben, sie hätten selbst gewonnen."

Arthur fiel es schwer einzusehen, weshalb er stellvertretend für andere kämpfen sollte. Er hatte seine eigenen Probleme, und dass andere daran teilnahmen, betrachtete er als Einmischung in seine Privatangelegenheit.

„Aber seien Sie froh, die Menschen stehen immerhin auf Ihrer Seite. Meine Zeitung will Sie zum Helden machen. Ich habe auch schon das Gegenteil erlebt."

Arthur wollte sich lieber nicht vorstellen, wie ein solcher Fall aussehen würde.

„Sie haben Glück, Arthur. Ich bin damit beauftragt, an Ihrer Geschichte weiterzuarbeiten."

„Ist das der Grund, warum Sie hier sind?"

Arthur wurde misstrauisch.

„Sie können mir vertrauen. Denken Sie, ich gehe zu jedem meiner Interviewpartner nach Hause und koche Spaghetti?"

Arthur wollte ihr gerne glauben, aber er musste sich anstrengen.

Lucy schaute ihm lange in die Augen.

„Sie sind mir ein trauriger Clown. Ich habe Sie den ganzen Abend noch nicht lachen sehen. Sind Sie immer so ernst?"

Arthurs Blick senkte sich. „Ich kann nicht."

„Was können Sie nicht?", fragte Lucy.

„Lachen. Ich kann es einfach nicht. Ich habe es verlernt", flüsterte er.

Lucy schaute ihn an. Ihre Augen suchten die seinen, doch er wich ihrem Blick aus.

„Ist das der Grund? Der eigentliche Grund für die Nase?"
Arthur sackte in sich zusammen.
„Das letzte Mal in meinem Leben habe ich über einen Clown gelacht."
Er brachte seine Worte nur zögerlich hervor, klang unsicher und verwundbar.
„Da war ich noch ein Kind. Meine Eltern waren mit mir im Zirkus. Gerne würde ich wieder lachen wie damals, aber ich kann nicht. Es geht einfach nicht."
Lucys Augen wurden feucht.
Sie stand auf, ging um den Tisch und nahm Arthurs Hände, ohne etwas zu sagen. Sie war jetzt ganz nah. Arthur atmete ihren weichen Duft ein.
Er wollte sich fallen lassen, seinen Gefühlen freien Lauf lassen, doch es ging nicht. Er konnte ihr nicht vollständig vertrauen.
Nahm diese Frau ehrlich Anteil? Oder war sie vielleicht gerade dabei, an ihrer Story zu arbeiten?
Langsam zog sich sein Panzer um ihn herum zu. Er stand auf und löste sich vorsichtig aus ihrem Griff.
Verwirrt schaute sie ihn an. Dann fuhr sie sich nervös durchs Haar.
„Es tut mir leid", sagte sie leise. „Ich, ich wollte nicht..."
„Schon gut."
Arthur setzte sich wieder hin. Er versuchte die Situation zu überspielen,
„Möchten Sie noch Wein?"
„Nein, vielen Dank. Ich glaube, ich gehe jetzt besser. Es ist schon spät."

Sie ging zur Tür und zog ihren Mantel über.
Er hatte es vermasselt.
„Ich habe mich sehr gefreut, dass Sie mich besucht haben, Lucy. Es wäre schön, wenn wir…"
Doch sie unterbrach ihn.
„Sie glauben mir nicht, Arthur."
„Bitte verstehen Sie…", stammelte Arthur
„Sie trauen mir nicht, habe ich recht?"
„Ach Lucy. Es ist zu viel. Die letzten Tage… das ist einfach zu viel. Ich weiß ja selbst nicht mehr, wer ich bin. Vor ein paar Tagen hatte ich noch eine Arbeit, keiner interessierte sich für mich. Und jetzt? Ich kann mich noch nicht einmal mehr auf mich selbst verlassen. Ich bin für mich unberechenbar geworden. Ich weiß nicht mehr, was ich glauben soll und was nicht."
Lucy senkte traurig ihren Kopf.
„Ich finde Sie sehr nett, Lucy."
„Wirklich?"
„Ja."
„Dann hör endlich auf, mich zu siezen."
Er nickte.
„Sag es noch mal", befahl sie trotzig.
„Ich finde dich sehr nett."
Sie hatte recht, das Du fühlte sich ganz anders an, und er spürte sein Herz klopfen.
Sie strich ihm über die Wange.
„Ich ruf dich morgen an."
Dann öffnete sie die Tür und lief die Treppen hinunter. Arthur hörte unten noch die Haustür zufallen, und er wusste nicht, ob er sich soeben gerettet oder alles zerstört hatte.

19. Kapitel

Am nächsten Morgen holte Arthur wieder die Bild-Zeitung am Kiosk, und der alte Mann fragte, ob er ein Autogramm für sein Enkelkind haben dürfe. Es war Arthurs erstes Autogramm.
Auf ein weißes Blatt Papier schrieb er: „Für Sonja, Arthur Hoffmann".
Es war ein komisches Gefühl, denn er kannte Sonja gar nicht, und irgendwie wusste er auch nicht, was Sonja mit seiner Unterschrift anfangen sollte. Sie kannte ihn ja auch nicht.

Die Zeitung ging wieder aufs Haus.
Erneut war er der Aufmacher. Ein Bild von ihm auf der Titelseite mit einer kurzen Einleitung und dann ein längerer Artikel auf den Innenseiten.
Dort stand mehr oder weniger das Gleiche wie am Tag zuvor. Lucy hatte die Frau ausfindig gemacht, die als erste Kundin am besagten Morgen die Bank betreten hatte.
Die Kundin beschrieb den Vorfall aus ihrer Sicht und bedauerte lang und breit, dass Arthur entlassen worden war. Sie fügte hinzu, dass man sich doch sehr genau überlegen müsse, ob man bei der richtigen Bank sei, wenn dieser zuverlässige Mitarbeiter nur wegen seines Aussehens entlassen wurde.
Lucy hatte also ganze Arbeit geleistet, dachte Arthur, und er bekam ein schlechtes Gewissen wegen des vorherigen Abends.

Um elf Uhr kam das Team von ´Menschen im Blickpunkt´. Es handelte sich um drei junge Männer. Herr Schneider, mit dem Arthur telefoniert hatte, sowie ein Kameramann und ein Tonmann, die sich beide nicht vorstellten.

Als die drei die Wohnung betraten, verzogen sie das Gesicht, und Arthur schickte einen gedanklichen Gruß an Lucy und ihre knoblauchintensiven Kochkünste. Die Herrschaften würden nicht länger bleiben als unbedingt notwendig.
Arthur kochte für alle Kaffee, und sie drehten ohne zu fragen jedes Zimmer, auch das Schlafzimmer.
Im Wohnzimmer, so wollte es Schneider, fand das Interview statt.
Arthur beantwortete weitestgehend die gleichen Fragen wie zuvor bei Lucy Klees Interview. Er erzählte, warum er die Clownsnase trug, wie sein Chef in der Bank reagiert hatte und dass er fristlos entlassen worden war.
Diese Journalisten waren alles andere als angenehme Menschen. Trotzdem waren die Fragen von Schneider recht wohlwollend, und Arthur spürte, dass man weiterhin für ihn Sympathie wecken wollte.
Das war sein zweites Interview, und er kam sich vor wie ein erfahrener Medienprofi.

Als das Team gegangen war, rief er Lucy an.
„Und, wie ist es gelaufen?“, fragte sie. Ihrer Stimme war der gestrige Abend nicht anzumerken.

„Sehr gut. Sie haben alles gefilmt, das Interview gemacht und sind schnell wieder gegangen. Ich glaube, dein Trick mit dem Knoblauch hat gewirkt."
Sie lachte ihr erfrischendes Lachen.
„Lucy..."
„Ja?"
„Es tut mir leid, wegen gestern."
„Alles in Ordnung. Ich war mal wieder zu schnell mit allem, mein alter Fehler."
„Nein, nein. Es war alles wunderbar. Es lag an mir. Ich bin einfach etwas überfordert im Moment."
„Das kann ich verstehen. Hast du meinen Artikel gelesen?"
„Ja."
„Gefällt er dir?"
„Ja."
„Wirklich?"
„Ja, wirklich. Aber ich wünschte, dass das alles schon überstanden wäre."
„Darf ich mal wieder für dich kochen?"
„Ja, aber das nächste Mal koche ich für dich."

Nach dem Telefonat ging Arthur in die Küche und machte sich ein Käsebrot. Als er gerade abgebissen hatte, klingelte das Telefon.
So oft wie in den letzten zwei Tagen war er im ganzen letzten Jahr nicht angerufen worden.

„Hier ist die Kautschuk GmbH, ich verbinde", sagte eine Frauenstimme. Dann ertönte Beethovens Fünfte. Was war jetzt los? Arthur wartete.

„Hier spricht Winkler. Spreche ich mit Arthur Hoffmann?"
Die Stimme am anderen Ende war sachlich und kühl.
„Ja, hier Arthur Hoffmann."
„Wissen Sie, wer ich bin?"
Die Stimme klang nicht nur sachlich und kühl, sondern auch etwas eitel.
„Nein."
„Ich bin der geschäftsführende Gesellschafter der Kautschuk GmbH, Herr Hoffmann."
„Aha."
„Wir stellen Schnuller, Kondome und Clownsnasen her."
„Sehr interessant", log Arthur.
„In der Tat, das ist es. Ein spannendes Geschäft, das kann ich Ihnen sagen. Wir sind Marktführer."
Herr Winkler legte Wert auf seine Bedeutung.
„Mein Marketingleiter war gerade bei mir mit einer, wie ich sagen möchte, famosen Idee."
„Das freut mich", entgegnete Arthur. Was wollte der Mann von ihm?
„Ich möchte Ihnen ein Geschäft vorschlagen, Herr Hoffmann."
Arthur wartete gespannt.
„Was halten Sie von einer Arthur-Hoffmann-Edition?"
„Einer was?"
„Einer Arthur-Hoffmann-Edition."
„Äh, ich verstehe nicht."

„Herr Hoffmann, wir planen für unsere Clownsnasen eine Arthur-Hoffmann-Edition. Auf jeder von uns hergestellten Nase wird Ihr Name zu lesen sein. Dezent an der Seite. Aber deutlich sichtbar."
Arthur war sprachlos.
„Selbstverständlich brauchen wir Ihr Einverständnis, Herr Hoffmann. Aber ich bin sicher, wir werden uns einig."
„Glauben Sie denn, so was hat Erfolg?"
„Herr Hoffmann, Sie sind momentan der berühmteste Clown Deutschlands. Die Leute lieben Sie. Die Welle, auf der Sie schwimmen, beginnt sich erst aufzubauen, Herr Hoffmann. Das wird für Sie und uns ein gutes Geschäft. Glauben Sie mir, bei Clownsnasen habe ich einen guten Riecher."
Er lachte über sein geniales Wortspiel.
„Sie werden an jeder verkauften Nase zehn Cent verdienen. Das ist unser Angebot."
„Also, ich weiß nicht."
„Was wissen Sie nicht?"
„Nun ja, ich würde gerne erst mal über Ihr Angebot nachdenken."
„Respekt, Herr Hoffmann, Respekt. Man merkt, dass Sie aus dem Bankgewerbe kommen. Ich schätze gestandene Geschäftsleute und hatte gehofft, dass wir auf einer Augenhöhe verhandeln können. Nun gut, ich biete Ihnen zwanzig Cent pro Nase."
Arthur räusperte sich, um Zeit zu gewinnen.
„Ich verstehe, Herr Hoffmann. Sie sind ein harter Hund, muss ich sagen. Aber das gefällt mir. Sie kennen Ihren Marktwert. Fünfundzwanzig Cent sind

mein letztes Angebot, mehr kann ich einfach nicht machen. Die Tantiemen werden Ihnen monatlich ausgezahlt. Ich lasse Ihnen den Vertrag noch heute zuschicken."
Arthur war sprachlos.
„Sie sind aus dem richtigen Holz geschnitzt, Herr Hoffmann. Wir sollten uns bald einmal persönlich kennen lernen."
Arthur legte auf.

Jetzt wusste er mit Gewissheit, nicht er war verrückt, sondern die Welt war es.

20. Kapitel

In den darauf folgenden Tagen wurde Arthur schon früh morgens vom Telefonklingeln geweckt. Danach stand der Apparat nicht mehr still. Es klingelte im Minutentakt.
Arthur hatte kaum ausreichend Zeit, um zwischen den vielen Telefonaten so alltägliche Dinge zu verrichten wie Wäsche waschen oder kochen.
Am anderen Ende der Leitung waren Redaktionsleiter, Moderatoren und Redakteure. Die Medien rissen sich um Arthur. Am liebsten gab er Interviews am Telefon. So musste er das Haus nicht verlassen.

Arthur hatte schnell gelernt. Ein Interview konnte ihn nicht mehr beunruhigen. Die Journalisten stellten ja immer die gleichen Fragen. Er musste also seine einmal gegebenen Antworten nur noch wiederholen. Aber ganz so leicht war es dann doch nicht. Auch die Fernsehsender bemühten sich um Arthur.
Diese Interviews ließen sich nicht bequem am Telefon erledigen, und Arthur musste reisen. Innerhalb von wenigen Wochen war er in nahezu jeder großen Talkshow aufgetreten, und beinahe jede Redaktion hatte einen Beitrag mit ihm oder über ihn gedreht.

Er lernte Menschen kennen, die er bis dahin nur aus dem Fernsehen kannte. Prominente, die sich immer freuten, ihn zu sehen, und ihn begrüßten wie einen alten Bekannten.

Arthur war in Köln, Hamburg, Berlin und München gewesen. Immer mit der Eisenbahn, denn er hatte Angst vorm Fliegen.
Er reiste erster Klasse, und vom Bahnhof wurde er von einer Limousine mit Fahrer direkt ins Studio oder ins Hotel gebracht.

Nach den Interviews oder Fernsehsendungen ging er auf sein Hotelzimmer – immer in vornehmen Häusern, wo ihn die Angestellten äußerst zuvorkommend behandelten. Er wurde stets vom Sender oder vom Verlag eingeladen, und für seine Auftritte erhielt er sogar Geld.
Es war erstaunlich, wie viel man ihm dafür zahlte, dass er in knapp fünf Minuten die Fragen beantwortete, die er in anderen Interviews längst beantwortet hatte.
Das Geld konnte er gut gebrauchen, schließlich war er arbeitslos – auch wenn er mittlerweile bei der Kautschuk GmbH unter Vertrag stand.
Nach jedem Fernsehauftritt telefonierte er mit Lucy, und sie sagte ihm „wie er rüberkam." Doch eigentlich interessierte ihn das nicht, denn in Wirklichkeit wollte er einfach nur ihre Stimme hören.

Lucy schrieb jeden Tag über den heldenhaften Clown, und je näher seine Gerichtsverhandlung rückte, desto kämpferischer wurden ihre Texte. Arthur war noch immer die Titelgeschichte – nur, als sich die Politiker wieder mal die Diäten selbst erhöhten, verdrängten empörte Schlagzeilen Arthur von der Titelseite.

Doch tags darauf wollten die Menschen wieder von „ihrem“ Clown lesen.
Immer wieder wurden Briefe und E-Mails der Leser abgedruckt, und die Solidarität mit Arthur war enorm. Natürlich gab es auch Leute, die Arthur für einen Verrückten hielten; die der Meinung waren, dass Clowns in den Zirkus und nicht in eine Bankfiliale gehörten.
Doch die meisten sahen in Arthur jemanden, der er seiner eigenen Meinung nach gar nicht war. Für sie war er der Unbestechliche, der Unbeugsame. Viele bezeichneten ihn als Vorbild, als einen Menschen, an dem man sich orientieren konnte.
Es gab Zuschriften, in denen er als Bundespräsident vorgeschlagen wurde.
„Welch ein wunderbares Signal wäre dies. Ein Clown als oberster Repräsentant der Deutschen.“
Aber es gab auch ernst zu nehmende Zuschriften. Eine aufmerksame Frau hatte bemerkt, „dass der Clown nie lacht“ und „dass er zwar korrekt und höflich auftritt, aber doch immer so traurig wirkt.“
Der Leserbrief stimmte Arthur nachdenklich. Es hatte sich etwas verbessert in seinem Leben, ohne Frage, aber heiter war er nicht.
Zum Glück war wenigstens das Rumoren verschwunden. Aber war es das wirklich? Vielleicht hatte er es wegen all der Ereignisse nur einfach nicht bemerkt. Das Rumoren war immer leise gewesen, doch um ihn herum war es in letzter Zeit sehr laut geworden.
Irgendwann würde der ganze Trubel um seine Person einmal aufhören, und dann? Er wusste, solange die-

ses Theater anhalten würde, konnte er sein Problem nicht lösen.
Wie sollte man einen klaren Gedanken fassen, wenn man ständig unter Beobachtung stand?

Wann immer er jetzt das Haus verließ, wurde er fotografiert. Häufig merkte er es nicht gleich, sondern sah das Foto von sich ein oder zwei Tage später in einer Zeitung oder Zeitschrift.
Arthur verließ selten das Haus. Nicht weil er sich vor den Fotografen fürchtete, sondern weil er schon immer lieber zurückgezogen lebte.
Dass ihn jetzt die Leute auf der Straße erkannten und manchmal sogar ansprachen, wirkte irritierend auf ihn.
Das Autogrammeschreiben ging ihm am meisten auf die Nerven. Nicht nur, dass er es hasste, irgendetwas blanko zu unterschreiben. Er verstand auch einfach nicht, was das sollte. Wo lag der Nutzen, wenn er seinen Namen irgendwo hinkritzelte?
Im Supermarkt bat ihn eine Frau sogar, auf ihrem nackten Busen zu unterschreiben. Sie hatte ihren Pullover so überraschend hochgezogen, dass ihm vor Schreck der Stift aus der Hand fiel.
Daraufhin krochen die Frau und Arthur auf dem Boden herum und suchten den Kugelschreiber, der unter ein Regal gerollt war. Beide auf allen Vieren, sie mit hochgezogenem Pullover – furchtbar.
Lucy bog sich vor Lachen, als er ihr davon erzählte, und sie bettelte, darüber schreiben zu dürfen, doch er wollte nicht. Und daraufhin erschien es auch nicht.

Sie hatte sein Vertrauen nicht ein einziges Mal missbraucht. Sie war eine zuverlässige Frau. Sie hatte Klasse.

Das Telefon klingelte und riss Arthur aus seinen Gedanken. Der Mann am anderen Ende der Leitung verzichtete darauf, sich vorzustellen.
„Wir haben ein Angebot von der Bank."
Es war Dr. Weber, Arthurs Anwalt.
„Sie wollen die fristlose Kündigung zurücknehmen und in eine fristgerechte Kündigung umwandeln. Das heißt, Sie bekommen eine Abfindung. Der Anwalt der Bank sucht eine außergerichtliche Vereinbarung."
„Warum das?"
„Ist doch klar, Herr Hoffmann. Die Herren hatten nicht mit unserer Medienkampagne gerechnet. Die Gerichtsverhandlung wäre dann noch mal ein großes Medienereignis. Ihre Popularität trägt nicht gerade zum guten Image der Bank bei."
„Image?"
„Image ist alles, Herr Hoffmann. Ich habe gerade mit Lucy Klee telefoniert. Die Leute laufen der Bank in Scharen davon. Alles wegen Ihnen. Außerdem wird vor Ihrer ehemaligen Filiale gerade demonstriert."
„Demonstriert?"
„Ja, die Leute haben Spruchbänder, auf denen sie Ihre Wiedereinstellung fordern. Und wissen Sie, wie die alle aussehen? Sie tragen rote Clownsnasen wie Sie, Herr Hoffmann."
Arthur war sprachlos.

„Überlegen Sie es sich mit dem Angebot der Bank, Herr Hoffmann. Ich bin sicher, dass ich ein hübsches Sümmchen für Sie rausschlagen kann. Wir haben alle Argumente auf unserer Seite.“

21. Kapitel

Seit Arthurs Rauswurf bei der Bank waren mehrere Wochen vergangen. Ereignisreiche Wochen, in denen es für Arthur mehr zu erleben gab als in seinem ganzen Leben zuvor.

Er sehnte sich nach seinem früheren Alltag, in dem alles geregelt und planbar war. Arthur brauchte Ruhe. Immer wieder hatte er Lucy angerufen und gefragt, wann der ganze Spuk vorbei sein würde. Doch sie konnte ihm darauf keine Antwort geben. Sie sagte immer nur, solange die Leute so großes Interesse an dem Clown hätten, müsste sie weiterschreiben.

Arthur fragte sich, ob das Interesse an ihm nicht gerade deswegen so groß war, weil permanent über ihn geschrieben wurde.

Es war ein Teufelskreis. Und zu diesem Teufelskreis gehörte eben auch Lucy. Das musste er sich vor Augen führen.

Trotzdem war ihm klar, ohne sie hätte er das alles nicht durchgestanden. In gewisser Weise beschützte sie ihn.

Aber ein kleines bisschen Misstrauen blieb immer. Schließlich profitierte sie von seiner Geschichte. Und dieses Misstrauen schien sich am Tag nach der Demonstration vor der Filiale zu bestätigen.

Zu der Protestkundgebung waren etwa fünfzig Leute erschienen. Zumeist junge Leute, die es mit ihrem Protest gar nicht so ernst meinten, sondern eher

einen Anlass zum Feiern suchten. Sie trugen rote Clownsnasen, trommelten auf alten Töpfen, riefen Parolen, tanzten und fanden es toll, Aufmerksamkeit zu erregen.
Natürlich ließen die Reporter nicht lange auf sich warten. Lucy machte in ihrem Artikel aus den fünfzig Demonstranten fünfhundert und stellte den Protest als den Beginn einer Massenbewegung dar.
Jeder, der sich diesen jungen Leuten jetzt anschloss, hätte die große Chance, von Anfang an dabei zu sein.
Indirekt forderte sie die Menschen zu Protestmärschen für den Clown und somit für die Freiheit jedes einzelnen Bürgers auf.
„Es wird Zeit, dass wir denen da oben zeigen, dass sie nicht alles mit uns machen können", wurde einer der Demonstranten zitiert.
Das ging zu weit. Arthur spürte, wie ihm das Blut in die Schläfen schoss. Wütend rief er bei Lucy in der Redaktion an.
„Ich will, dass die Sache endlich ein Ende findet, und du heizt sie auch noch an."
„Arthur, versteh doch..."
„Verstehen? Ich verstehe seit Wochen immer weniger. Aber viel schlimmer ist, dass ich dich jetzt auch nicht mehr verstehe. Warum machst du das?"
Arthur wartete keine Antwort ab. Er schmiss den Hörer auf die Gabel. Dann zog er seinen Mantel über und rannte raus.
Als er das Haus verließ, hörte er aus irgendeinem Gebüsch das mehrmalige Klicken einer Kamera. In

Arthurs Ohren klang es wie die Schüsse eines Maschinengewehrs.
Ihr blöden Affen, dachte er und lief los, ohne Ziel, bis er einen Park erreichte.
Plötzlich rief jemand aus einiger Entfernung: „Hey, guck mal, der Clown."
Arthur schreckte auf. Er sah, wie Leute stehen blieben und ihn anglotzten. Im Gegensatz zu früher schüttelte jetzt niemand mehr verständnislos den Kopf. Man lachte ihn an. Wohlwollend, aber auch mit Neugierde, denn Arthur war ja jetzt ein Prominenter.
Ein junger Mann kam ihm entgegen, der ebenfalls eine Clownsnase trug. Einfach so.
Was denkt der sich eigentlich, dachte Arthur. Wie läuft der hier überhaupt rum?
Der Mann kam näher und schaute ihn mit leuchtenden Augen an. Sein Blick sagte, schau mal, ich bin ein Fan von dir, wir teilen die gleiche Einstellung, wir gehören zusammen.
Das war das Letzte, was Arthur jetzt brauchte. Ein Schleimer, der sich ihm anbiederte. Ihm, Arthur Hoffmann, dem einsamsten Menschen der Welt.
Mit diesem lächerlichen Clown hatte er nichts, aber auch wirklich nicht das Geringste gemeinsam.
Als der Mann vor ihm stand und ihn gerade ansprechen wollte, schrie Arthur los:
„Geben Sie mir sofort die Nase."
„Was?"
„Sind Sie schwerhörig? Geben Sie mir sofort die Nase."
Der junge Mann stand wie gelähmt vor Arthur.

„Wird's bald!"
Verblüfft zog der Mann die Clownsnase ab und gab sie Arthur.
Der riss sie ihm aus der Hand und warf sie zu Boden. Dann sprang er darauf herum wie ein entlaufener Irrer und schrie irgendwelche unverständlichen Laute.
Dem jungen Mann wurde unheimlich. In ganz langsamen Rückwärtsschritten entfernte er sich von Arthur, als könne eine schnelle Bewegung seinen sicheren Tod bedeuten.
Spaziergänger blieben stehen und beobachteten sprachlos Arthurs Treiben.
Arthur rang nach Luft. Der Anfall legte sich glücklicherweise gleich wieder. Seine Schultern zogen ihn nach unten. Taumelnd betrat er den Rasen, dessen Betreten eigentlich verboten war, und ließ sich auf den feuchten, kalten Boden fallen.
Dort saß er vornübergebeugt, fassungslos über sich selbst. Ein Tropfen fiel auf seine Hose. Es beginnt zu regnen, dachte er. Doch er wusste, dass dieser Tropfen nicht vom Himmel fiel, denn er weinte. Er weinte bitterlich, schluchzend wie ein Kind.
Die Tränen liefen an seiner roten Nase herunter und tropften auf das Hosenbein. Er sah ihnen zu, beinahe unbeteiligt, wie sie immer auf die gleiche Stelle fielen, und das beruhigte ihn. Sein Atem wurde wieder gleichmäßig.
Er schaute auf. Der junge Mann war nicht mehr zu sehen, und die Leute waren weitergegangen. Er blieb sitzen, kraftlos, als hätte sein Körper alle Knochen verloren.

Dann, irgendwann, stand er auf und trug seinen Körper wie eine leere Hülle nach Hause.

In der Küche trank er ein Glas kalte Milch in einem Zug leer. Er war müde, unendlich müde. Arthur schlurfte ins Schlafzimmer und legte sich aufs Bett. Er wollte noch die Clownsnase absetzen. Doch das schaffte er schon nicht mehr.

22. Kapitel

Das Klingeln des Telefons weckte ihn. Als er die Augen aufschlug, war es bereits dunkel. Arthur schaute auf den Wecker. Kurz vor zehn. Er war völlig verschwitzt, hatte Halsschmerzen, und sein Kopf hämmerte.

Das Telefon hatte aufgehört zu klingeln. Arthur setzte sich auf den Bettrand. Die Glieder schmerzten. Er zog seinen Anzug aus und schlüpfte in einen Pyjama. Dann ging er in die Küche und machte sich einen Tee.

Zurück im Schlafzimmer stellte er die Tasse auf den Nachttisch und schlief sofort wieder ein.

Durch das Schellen und heftiges Klopfen an der Wohnungstür wurde er wieder wach.

Langsam stieg er aus dem Bett, ging zur Tür und öffnete. Vor ihm stand Lucy.

„Was ist los mit dir, Arthur?"

„Wie viel Uhr ist es?"

„Kurz nach zwölf."

„Du siehst furchtbar aus."

„Danke. Komm rein."

„Ich habe den ganzen Abend versucht, dich zu erreichen. Aber du bist nicht ans Telefon gegangen, und dann hab ich mir Sorgen gemacht."

Sie fühlte seine Stirn.

„Arthur, du glühst ja. Leg dich wieder ins Bett."

Gemeinsam gingen sie ins Schlafzimmer. Er kroch unter die Decke. Im Badezimmerschrank fand sie

eine Hausapotheke. Zurück im Schlafzimmer schüttelte sie kräftig ein Fieberthermometer und steckte es ihm in den Mund. Keiner von ihnen sprach. Sie schauten sich einfach nur in die Augen. Ihr Blick war liebevoll, und Arthur war froh, dass sie da war.
Er war ihr nicht mehr böse. Im Gegenteil, es tat ihm leid. Er war ungerecht gewesen. Sie nahm ihm das Thermometer aus dem Mund.
„40,1. Arthur, das sieht nicht gut aus."
Sie strich ihm über den Kopf.
„Willst du nicht wenigstens jetzt die Nase absetzen?"
Normalerweise trug Arthur die Nase nicht während des Schlafens. Aber vor ihr wollte er sie unbedingt aufbehalten. Er schüttelte den Kopf wie ein trotziges Kind, und sie lächelte.
„Weißt du eigentlich, dass ich dich noch nie ohne Clownsnase gesehen habe?"
Er antwortete nicht. Stattdessen schloss er die Augen.
„Schlaf jetzt. Sei ganz beruhigt. Ich bin bei dir."
Das waren die letzten Worte, die Arthur in dieser Nacht hörte. Sie waren besser als jede Medizin.

Als er am nächsten Morgen aufwachte, war ihm sofort klar, dass er den Tag im Bett verbringen würde. Er fühlte sich miserabel.
Im Badezimmer wurde die Dusche gerade abgedreht. Auf dem Nachttisch standen Medikamente.

Lucy kam aus dem Bad. Sie hatte nasse Haare und trug seinen Bademantel, der ihr deutlich zu groß war.

Sie sah bezaubernd aus.

„Na, wie geht's uns denn heute?", fragte sie wie eine Krankenschwester. Sie setzte sich ans Bett und legte ihm die Hand auf die Stirn.

„Du hast immer noch Fieber. Aber ich glaube, es ist schon besser als gestern."

„Warst du nicht zu Hause?", fragte Arthur.

„Nein, als du gestern Abend wieder eingeschlafen warst, bin ich in die Nachtapotheke gefahren und habe ein paar Medikamente besorgt."

Der Morgenmantel fiel von ihrem Bein, und Arthur konnte ihren nackten Oberschenkel sehen. Sie bemerkte seinen Blick, zog den Mantel aber nicht wieder hoch.

„Na ja, und als ich wieder hier war und dich in deinem Bett schwitzen sah, beschloss ich, die Nacht hier zu bleiben."

Arthur fragte sich, wo sie denn geschlafen hatte.

„Ich habe auf der Couch im Wohnzimmer geschlafen", antwortete sie auf seine nicht gestellte Frage.

Dann verschwand sie wieder im Bad. Nach ein paar Minuten erschien sie und verabschiedete sich. Sie musste in die Redaktion. Zuvor gab sie ihm einen Kuss auf die Stirn.

23. Kapitel

Arthur hatte den ganzen Vormittag geschlafen. Am Nachmittag stand er auf und zog seinen Bademantel über. Lucys Duft drang aus den Poren des Stoffes wie ein liebevoller Gruß.
Er ging in die Küche und machte sich einen Tee. Schon der kurze Weg kostete ihn so viel Kraft, dass er sich setzen musste. Trotz seiner Erschöpfung hatte er keine Lust, wieder ins Bett zu gehen.

Ihm war langweilig. Er legte sich im Wohnzimmer auf das Sofa, schlug sich in eine Decke ein und machte den Fernseher an.
Im dritten Programm blieb er hängen. Vor seiner ehemaligen Bankfiliale demonstrierten junge Menschen. Beinahe alle trugen rote Clownsnasen. Sie hielten Transparente in die Luft, auf denen Parolen standen wie „Arbeit für den Clown".
Es handelte sich um eine Live-Übertragung. Ein Reporter vor Ort und ein Moderator im Studio wechselten sich dabei ab, über die Geschehnisse zu berichten.
Arthur hatte nicht die Kraft, sich aufzuregen. Es war, als schaute er eine Dokumentation über die Paarung von Regenwürmern. Man guckt zu, aber es dringt nicht wirklich zu einem durch.
Die Reporter sagten, dass sich mehrere tausend Menschen vor der Filiale zusammengefunden hätten und nun zum Hauptsitz der Bank ziehen wollten. Der

Weg der Demonstranten würde quer durch die Stadt führen.
Es wurde über das Verhalten der Polizei spekuliert, da die Demonstration nicht angemeldet war. Doch angesichts der Beliebtheit des Clowns würde wohl auch kein Politiker oder Polizeipräsident den Mut aufbringen, die Demonstration aufzulösen. Zumindest nicht, solange es keine Ausschreitungen gäbe.
Ausschreitungen?! Arthur fiel das Herz in die Hose. Plötzlich war er hellwach.
Einer der Reporter erzählte, dass die Bank seit der Entlassung des Clowns eine beträchtliche Anzahl an Kunden verloren habe. Die Bank war bisher zu keiner Stellungnahme bereit gewesen. Weiterhin hieß es, dass für die kommende Woche Demonstrationen in anderen deutschen Städten angekündigt waren. Zum Beispiel in Berlin, Hamburg, Dresden, Leipzig, München und natürlich Frankfurt.
Arthur hatte das Gefühl, gleich umzukippen, obwohl er bereits lag. Er schaltete den Fernseher aus und ging wieder ins Bett.
Verärgert dachte er an Lucys Artikel. Doch er wollte sie jetzt nicht anrufen. Vorwürfe hatten nun auch keinen Sinn mehr, und er fühlte sich einfach zu schwach, um zu streiten.
Sie wollte heute Abend wieder vorbeikommen, und er beschloss, das Thema nicht anzuschneiden. Was würde es schon bringen?

Lucy hatte eine große Tasche dabei. Sie sagte, sie würde so lange bei ihm wohnen, bis er wieder gesund

sei. Arthur war sich nicht sicher, ob er das wirklich wollte, doch Widerrede duldete sie nicht. Sie konnte ein unglaublicher Dickkopf sein.
Während sie in der Küche eine kräftige Hühnerbrühe kochte, lag er im Bett und lauschte den Geräuschen. Sie summte vor sich hin, und ganz allmählich drang der Duft der Suppe bis in das Schlafzimmer.
Schließlich servierte sie ihm einen großen dampfenden Teller auf einem Tablett. Sie setzte sich zu ihm auf die Bettkante und beobachtete ihn, während er aß.
Eigentlich hatte er gar keinen Hunger, aber Lucys strenger Blick ließ ihm keine Wahl. Also lobte er ihre Kochkünste, und sie strahlte über das ganze Gesicht.
Dann sagte sie unbekümmert:
„Man sieht jetzt ziemlich viele Leute mit Clownsnasen auf der Straße."
„Ja, ich weiß, und in ganz Deutschland gibt es Demonstrationen."
Sie wurde rot und entgegnete nichts. Nachdem er einige Löffel Suppe gegessen hatte, sagte sie:
„Herr Dr. Weber hat mir erzählt, dass die Bank dir eine Abfindung zahlen will."
Er aß in Ruhe weiter.
„Und? Nimmst du das Angebot an?"
„Wenn der ganze Spuk damit endlich ein Ende hat, nehme ich jedes Angebot an."
Sie nickte.
„Du denkst, ich bin an allem schuld, nicht wahr?"
„Nein", sagte er knapp.
„Doch, ich merke doch, dass du mir Vorwürfe machst."

Arthur schaute von seinem Teller auf.
„Na ja, der Aufruf zu Protesten war nicht glücklich. Aber jetzt ist es halt passiert. Man kann es nicht rückgängig machen."
Lucys Augen verengten sich zu schmalen Schlitzen.
„Was willst du eigentlich?"
„Meine Ruhe, Lucy. Einfach nur meine Ruhe."
Sie sprang auf.
„Na, die kannst du haben. Aber vorher bekommst du von mir noch was zum Nachdenken. Und es würde nicht schaden, wenn du das gelegentlich einmal tun würdest."
Lucy explodierte regelrecht.
„Es geht eben nicht immer nur um deine Ruhe. Da draußen haben sich in den letzten Wochen Dinge verändert. Da ist was in Bewegung. Und zufällig bist du der Auslöser. Aber statt immer nur an deine Ruhe zu denken, solltest du irgendwann einmal anfangen, Verantwortung zu übernehmen. Junge Menschen protestieren. Und für wen tun sie das? Für dich, Arthur. Sie gehen für deine Rechte auf die Straße. Aber der werte Herr Clown möchte seine Ruhe."
Ihre Stimme überschlug sich.
„Sie warten auf dich. Auf ein Wort, ein Zeichen, eine Geste von dir. Aber sie sind dir egal. Was für ein Armutszeugnis. Stattdessen hängst du hier rum und bemitleidest dich selbst."
Wie unter Schockstarre hielt Arthur den Suppenlöffel in die Luft.
„Du hast dir vielleicht irgendwann einmal eine rote Nase aufgesetzt. Aber ein Spießer bist du geblieben.

Du bist noch immer einer von denen, gegen die die Menschen da draußen jetzt auf die Straße gehen."
Lucy lief im Zimmer auf und ab wie eine Raubkatze.
„Du wolltest dein Lachen wieder finden. Meinst du, das ist der Weg? Sich eine Nase aufzusetzen, seinen Job zu verlieren und darüber zu stöhnen, dass andere für dich kämpfen, klingt nicht gerade nach einer tollen Strategie. Und wenn du weiterhin so ignorant bist, werden andere ihr Lachen auch noch verlieren. Zum Beispiel ich."
Sie rannte aus dem Schlafzimmer und holte ihre große Tasche. Vor der Wohnungstür machte sie auf dem Absatz kehrt und stürmte zurück ins Schlafzimmer. Wie eine Furie lief sie auf Arthur zu, der noch immer bewegungsunfähig den Löffel in die Luft hielt. Dann brüllte sie ihn an:
„Was bist du doch für ein Egoist!"
Daraufhin zog sie an seiner Clownsnase, dass sich das Gummiband dehnte, und ließ sie zurückschnallen.
Durch den plötzlichen Schmerz zuckte er derart zusammen, dass der Suppenteller umkippte. Mit einem Satz sprang er aus dem Bett. Doch sein Pyjama hatte sich bereits mit Hühnersuppe vollgesaugt.
Er hörte die Wohnungstür zuknallen, und plötzlich war es still. Resigniert schaute Arthur an sich herunter. Er stand da wie ein begossener Pudel.
Die Bettdecke war pitschnass, die Matratze ebenfalls. Von seinem Pyjama tropfte die warme Hühnersuppe auf den Boden.

24. Kapitel

Für den Rest der Woche setzte Arthur keinen Fuß vor die Tür. Zunächst einmal wollte er sich darauf konzentrieren, gesund zu werden. Er las keine Zeitung, schaute kein Fernsehen und hörte kein Radio. Spätestens seit Lucys völlig unberechtigtem, grund- und bodenlosem Wutanfall hatte er endgültig genug von der Welt. Keiner verstand ihn.

Zwei Tage lang schäumte er vor Wut. Am dritten Tag ging die Wut in ein Schmollen über. Am vierten Tag schmollte er nicht mehr, aber es war klar, dass die Person Lucy Klee unwiderruflich aus seinem Gedächtnis gestrichen wurde.
Am fünften Tag begann er nachzudenken. Vormittags über seine Situation, nachmittags über das, was Lucy gesagt hatte. Ganz klar, ihre Vorwürfe entbehrten jeder Grundlage.
Am sechsten Tag dachte er an die jungen Menschen, die für ihn auf die Straße gingen. Er stellte sich vor, wie sie sich trafen und über sein Schicksal diskutierten. Dass sie sich darüber einig waren, dass man ungerecht zu Arthur Hoffmann gewesen war und dass sie beschlossen hatten, etwas dagegen zu unternehmen.
Arthur war mittlerweile wieder gesund und hatte kein Fieber mehr, doch die Gedanken an die jungen Demonstranten ließen die abenteuerlichsten Bilder vor seinem geistigen Auge aufsteigen.

Er sah, wie anständige junge Menschen die Faust zum Himmel streckten und sich mit kämpferischen Mienen den Wasserwerfern entgegenstellten.
Er war zutiefst gerührt. Nein, diese Menschen waren Helden, nicht er. Lucy hatte recht… auch das noch, Lucy hatte Recht.

Die Gedanken an Lucy verdrängten die Bilder der jungen Freiheitskämpfer. Gewissensbisse quälten ihn. Es hatte keinen Sinn, sich weiter hier zu vergraben. Er wollte etwas tun. Schließlich ging es ja um ihn.
Als erstes rief er Dr. Weber an und teilte ihm mit, er würde das Angebot einer Abfindung seitens der Bank annehmen. Weber sollte das Maximum rausholen. Der Anwalt lachte. Das waren Anweisungen, die er liebte.

Dann rief Arthur Lucy an.
„Hier ist Arthur", sagte er etwas unsicher.
„Geht's dir wieder besser?" Ihre Stimme verriet keinen Groll.
„Ja, ich hatte ja genug Zeit, wieder gesund zu werden."
„Schön."
„Äh…Ich hatte auch genug Zeit nachzudenken."
„Aha."
„Ja."
Schweigen. Dann räusperte er sich.
„Ich möchte mich bei dir entschuldigen, Lucy. Ich hatte so viel über mich nachgedacht, dass ich überhaupt nicht gemerkt habe, dass sich alle für mich

einsetzen. Die jungen Menschen auf der Straße und vor allem du, Lucy. Es tut mir wirklich leid."
Lucy lachte.
„Ich hoffe, die Suppe war nicht mehr allzu heiß."
Arthur schwieg bei dem Gedanken an seinen wenig heldenhaften Auftritt.
„Du musst verstehen, Arthur, für mich ist die Situation auch nicht immer leicht. Mein Chefredakteur wirft mir zu große Nähe zu dir vor. Er ist der Meinung, dass ich deutlich mehr aus der Story rausholen könnte."
„Lucy, wenn ich was für dich tun kann, werde ich es tun. Egal was."
„Nein, Arthur, ich möchte einfach nur, dass du glücklich bist. Und um ehrlich zu sein, hätte ich auch nichts dagegen, wenn dieses ganze Theater endlich vorbei wäre."
„Ich habe Dr. Weber angewiesen, mit der Bank zu verhandeln und eine möglichst hohe Abfindung herauszuholen."
„Gut."
„Und dann werde ich das Geld spenden."
„Arthur, du brauchst das Geld. Du bist arbeitslos."
„Ich will etwas zurückgeben, Lucy. Ich möchte nicht mehr nur an mich denken."
„Willst du nicht noch mal darüber schlafen?"
„Ich habe eine ganze Woche darüber geschlafen. Das genügt. Wenn du möchtest, kannst du ja über meine Spende schreiben. Das beruhigt deinen Chefredakteur."

Lucy lachte. Es war ein glückliches, erleichtertes Lachen.
„Arthur, ich bin so froh. Du bist ein toller Mensch."
Dann fügte sie hinzu: „Und ein toller Mann."
Arthur spürte, wie die Röte in seinem Gesicht aufstieg. Zum Glück konnte sie ihn jetzt nicht sehen.
„Soll ich heute Abend bei dir vorbeikommen und für dich kochen?"
„Du kannst sehr gerne vorbeikommen, aber heute koche ich."

25. Kapitel

Als Lucy am Abend seine Wohnung betrat, hatte Arthur einen anstrengenden Tag hinter sich. Er war einkaufen gewesen, hatte Wein besorgt und sich neu eingekleidet.
Mit seiner neuen Jeans und dem neuen grünen Hemd wirkte er jünger. Genau das war auch der Zweck des Ganzen, obwohl er es sich nicht so direkt eingestand.

Im Supermarkt hatte er die Menschen freundlich gegrüßt, auch wenn er keinen von ihnen kannte. Er war erstaunt, wie viele Leute mit roten Clownsnasen unterwegs waren. Das war jetzt scheinbar richtig Mode. Sogar die Kassiererin an der Kasse trug eine Clownsnase, und das verblüffte Arthur.
„Dürfen Sie denn die Nase bei der Arbeit tragen?“, fragte er.
„Aber ja“, antwortete die Frau. „Mein Chef trägt ja auch eine.“
Eine Kundin, die hinter Arthur in der Schlange stand, mischte sich ein. Auch sie hatte eine Clownsnase im Gesicht.
„Na, das wäre ja noch schöner. Ich würde in diesem Laden keinen Cent lassen, wenn man mit den Mitarbeitern so umspringen würde wie mit Ihnen, Herr Clown.“
„Hoffmann“, versuchte Arthur richtig zu stellen, „Arthur Hoffmann.“

Doch das schien niemanden zu interessieren. Ein älterer Herr, ebenfalls mit Clownsnase, hob bestimmend den Zeigefinger.
„Wir alle sind freie Menschen, und dass das endlich mal wieder klargestellt wurde, haben wir Ihnen zu verdanken."
Die Kunden in der Schlange vor der Kasse begannen, Beifall zu klatschen.
Arthur wäre am liebsten im Boden versunken. Durch den Lärm kamen immer mehr Kunden hinzu. Beinahe alle trugen Clownsnasen. Sie stimmten in den Beifall mit ein. Jetzt kam auch der Marktleiter angelaufen. Überschwänglich schüttelte er Arthurs Hand und wollte sie gar nicht mehr loslassen.
Dann musste Arthur für ein Foto zur Verfügung stehen. Der stolz lächelnde Marktleiter legte dabei den Arm auf Arthurs Schulter, als wären die beiden alte Kumpel.
Kurz nachdem es geblitzt hatte, ließ der Marktleiter Arthur wieder los, behielt aber sein Fotolächeln bei.

Scheinbar unauffällig näherte er sich einem jungen Mann, der in der Menge stand und es tatsächlich wagte, mit seiner natürlichen, Gott gegebenen Nase herumzulaufen.
Leise, aber bestimmt flüsterte der Marktleiter aus seinem lächelnden Mundwinkel: „Clownsnasen gibt es im zweiten Gang. Mittleres Regal, auf der rechten Seite."
Peinlich berührt verschwand der junge Mann sofort im zweiten Gang.

Dann warf der Marktleiter einen Blick in Arthurs Einkaufswagen und verkündete mit weltmännischer Großzügigkeit:
„Natürlich gehen Ihre Einkäufe aufs Haus. Frau Junghans, Sie wollten doch den Herrn Clown nicht wirklich abkassieren."
Arthur versuchte, ehrlichen Widerstand zu leisten, doch ohne Erfolg. Ein Lehrling war bereits dabei, seine Sachen in Plastiktüten zu packen. Als Arthur endlich den Supermarkt verließ, winkten ihm Angestellte und Kunden hinterher, wie in einem Werbespot.

Glücklicherweise war er jetzt wieder in seinen eigenen vier Wänden und, das war das Allerbeste, Lucy war da. Sie saß in der Küche, schön wie immer, und trank ein Glas Weißwein.
In der Pfanne brutzelten zwei Seezungen. Dazu gab es Bandnudeln in Weißwein-Sahnesoße.
„Ich wusste gar nicht, dass du so gut kochen kannst", sagte Lucy.
„Wart's ab. Du hast ja noch gar nicht probiert."
Sie lachte, und das machte ihn glücklich.
Als sie dann kurz darauf die erste Gabel probiert hatte, lächelte sie. Sie war hingerissen von der Seezunge, und er war hingerissen von ihr.

Es sollte ein wunderbarer Abend werden. Endlich sprachen sie nicht über rote Nasen, Demonstrationen oder die Bild-Zeitung. Stattdessen erzählte sie ihm von Sardinien, wo sie schon oft Urlaub gemacht hatte, und er hing ihr an den Lippen.

Er gestand, dass er noch nie Urlaub am Meer gemacht hatte. Lucy konnte das einfach nicht glauben.
„Du bist mir schon ein schrulliger Clown. Hast noch gar nichts gesehen von der Welt."
Dann erzählte sie ihm, was sie ihm eines Tages alles zeigen würde. Das Meer, den Hafen, wo die teuren Luxusyachten vor Anker lagen, und ein kleines, uriges Fischrestaurant, wo vor allem die Einheimischen aßen. Ein echter Geheimtipp. Natürlich nicht annähernd so geheim wie der berühmte Sternetempel des großen Arthur Hoffmann, wo es die beste Seezunge auf diesem Erdball gab.
Sie versprühte eine Energie, von der sich Arthur regelrecht ernähren konnte. Er hatte das Gefühl, dass er in seinem Leben weder essen noch trinken müsste, solange sie bei ihm war.
Dann fragte sie: „An wen willst du denn deine Abfindung spenden?"
„Ich weiß es nicht."
„Überhaupt noch keine Idee?"
„Auf jeden Fall soll jemand das Geld bekommen, der in Schwierigkeiten ist und nicht so viel Unterstützung erfährt wie ich."
„Jetzt klingst du schon wie alle Prominenten."
„Hast du vielleicht eine Idee?"
„Wie wäre es mit einem Zirkus. Die brauchen jede Hilfe, die sie kriegen können."
„Ein Zirkus?" Arthur dachte nach. „Ja, ein Zirkus. Das ist eine gute Idee."
Lucy trank schnell einen Schluck Wein, damit man ihr nicht ansah, wie stolz sie auf ihren Vorschlag war.

„Du bist eine sehr kluge Frau“, sagte Arthur, und sie lachte.
Gegen halb zwei stand sie an der Tür, um sich von ihm zu verabschieden. Sie schwiegen, denn jeder hatte Angst, jetzt nicht die passenden Worte zu finden.
Sie hielten sich einfach nur in den Armen. Lange, denn keiner wollte mehr loslassen.

Dann drehte sie sich plötzlich um und lief die Treppen hinunter wie ein kleines Mädchen.

26. Kapitel

Die Nachricht, dass Arthur seine Abfindung spenden wollte, fand allgemein einen positiven Anklang. Gleichzeitig setzte sie die Bank unter größeren Druck. Jetzt ging es nicht mehr nur um einen gekündigten Mitarbeiter, sondern um einen guten Zweck.
Arthurs ritterliche Haltung wurde in allen Boulevard-Magazinen hinreichend besprochen, und vereinzelt sprach man von ihm sogar als dem Robin Hood unserer Zeit.

Ein paar Tage darauf rief Dr. Weber an, um das erste konkrete Angebot der Bank mit Arthur zu besprechen. Als Dr. Weber die Summe nannte, stockte Arthur der Atem. Er wollte sofort annehmen.
„Nicht so schnell, Herr Hoffmann. Das ist erst das erste Angebot. Das heißt, da ist noch Luft nach oben."
Arthur ließ seinem Anwalt freie Hand, denn er begriff sofort, dass dieser für solche Verhandlungen talentierter war als er.

In der darauf folgenden Woche kam ein Brief von der Kautschuk GmbH. Der Umschlag enthielt einen Scheck und eine Notiz:

Der erste Monat ist recht gut gelaufen.
Mit freundlichen Grüßen,
Winkler

Arthur warf einen Blick auf den Scheck und dachte, er habe eine Sehstörung. Es handelte sich um eine Summe von 53.170 Euro und 75 Cent.
Das konnte nicht sein. Er las erneut die Notiz, dann die Zahlen auf dem Scheck. Schließlich fuhr er mit dem Finger die einzelnen Zahlen ab.
Er hatte soeben über 50.000 Euro in einem Monat verdient, ohne irgendetwas dafür zu tun. Einfach so. Nein, das konnte nicht sein. Dann holte er einen Taschenrechner und rechnete aus, wie viele Clownsnasen man verkaufen musste, damit er 53.170,75 Euro verdienen konnte. Es waren exakt 212.683.
Arthur konnte es nicht fassen. Das Nasengeschäft war wohl ein Big Business.

Als er Lucy davon erzählte, lachte sie am Telefon laut auf. „Siehst du, Arthur, so ist die Welt, wenn du erst mal einen Marktwert hast, bekommst du immer mehr Geld für immer weniger Arbeit."

Zwei Tage später rief Lucy aufgeregt an.
„Arthur, stell' dir vor, was jetzt passiert. Sie wollen dich zum Ehrenbürger machen."
Arthur konnte mittlerweile nichts mehr überraschen. Alles war vorstellbar, alles war möglich. Warum sollte er also nicht auch Ehrenbürger der Stadt Frankfurt am Main werden?
Kurz nach Lucys Anruf meldete sich das Büro der Oberbürgermeisterin. Es wurde ein Termin für die feierliche Ehrung im traditionsreichen Kaisersaal des Römers, dem Rathaus von Frankfurt, festgesetzt.

Nach Bekanntgabe dieser für die Medien hinreißenden Nachricht musste Arthur erneut für einen Interviewmarathon zur Verfügung stehen. Er erklärte immer wieder, wie sehr er sich geehrt fühle, und dankte bei dieser Gelegenheit allen Menschen, die sich für ihn eingesetzt hatten.

Die Zuneigung und Unterstützung, die er habe erfahren dürfen, seien außergewöhnlich und überwältigend. Das war genau das, was alle hören wollten, doch es war auch das, was Arthur wirklich empfand.

In den Leserbriefen der Zeitungen und den Interviewumfragen meinten viele Menschen, dass die Ehrenbürgerschaft der Stadt Frankfurt nicht genug sei. Schließlich habe Arthur die Menschen in ganz Deutschland „irgendwie befreit", wie es eine Frau aus Oldenburg ausdrückte.

Viele waren davon überzeugt, dass Arthur das Bundesverdienstkreuz bekommen müsse. Wenn schon Rocksänger für ein paar nette Lieder diesen Orden bekämen, dann ja wohl erst recht „unser Clown".

Diese Forderung aus dem Volk war eine gute Gelegenheit für viele Politiker, sich beliebt zu machen. Auch sie forderten nun vor jedem Mikrofon, das sich bot, das Bundesverdienstkreuz für den Clown.

Nur wenige waren der Meinung, man solle die Kirche doch bitte im Dorf lassen. Dieser Meinung war auch Arthur.

Der Zirkus, der von Arthur mit der Spende bedacht worden war, wollte sich bedanken. Zu diesem Zweck hatte der Zirkusdirektor beschlossen, im Anschluss

an die Verleihung der Ehrenbürgerschaft eine Sondervorstellung zu Ehren des Clowns zu geben.
Arthur durfte dreihundert Gäste einladen. So viel fasste das Zelt. Aber er kannte nicht einmal drei Leute, die er hätte einladen wollen. Etwas hilflos rief er Lucy an und fragte, was er tun solle.
„Mach dir keine Sorgen, Arthur. Mir fällt schon was ein."
„Sicher?"
„Ja, ich glaube, ich habe da schon eine Idee. Du brauchst dich um nichts zu kümmern."
Lucy war einfach die Größte.

27. Kapitel

Dass die Verleihung der Ehrenbürgerschaft allgemein eine solche Begeisterung auslöste, hatte nicht nur Arthur überrascht, sondern auch die Polizei.
Der gesamte Rathausplatz, der Römerberg, war voller Menschen. Alle wollten den Clown sehen und ihm zujubeln. Die Ordnungskräfte waren hoffnungslos überfordert.

Arthur wurde von einer Limousine zuhause abgeholt. Gemeinsam mit Lucy saß er im Fond des Wagens. Lucy durfte exklusiv von der Zeremonie berichten, so hatte es Arthur beschlossen, und der Chefredakteur war begeistert von seiner hervorragenden Journalistin.

Je näher sie dem Rathaus, dem Frankfurter Römer, kamen, desto mehr Menschen mit roten Clownsnasen waren unterwegs.
„Na, ich möchte nicht wissen, wie hoch der nächste Scheck der Kautschuk GmbH ist“, lachte Lucy.
Sobald die Leute Arthur im Fond der Limousine erkannten, winkten sie ihm, und er winkte zurück. Dabei kam er sich ein bisschen komisch vor, denn schließlich war er ja kein König oder so etwas.
Auf dem Rathausplatz kam das Auto kaum weiter. Die Menschen drängelten sich um den Wagen, und die Polizisten hatten alle Hände voll zu tun, die letzten Meter zu bahnen.

Schließlich erreichte die Limousine den Eingang des Rathauses. Als Arthur ausstieg, ging ein Aufschrei durch die Menge. Die Menschen klatschten und jubelten. Sprechchöre wie bei einer Sportveranstaltung setzten ein. Doch Arthur konnte nicht verstehen, was sie riefen.

In der Eingangshalle empfing ihn die Oberbürgermeisterin. Zur großen Überraschung Arthurs trug sie eine Clownsnase. Sie begrüßte ihn lachend mit den Worten: „Ein solches Tohuwabohu gibt's hier sonst nur, wenn die Fußballnationalmannschaft kommt."

Man ging eine Treppe hinauf in den Kaisersaal. Es gab Champagner zu trinken, Kellner reichten kleine Häppchen auf silbernen Tabletts.

Draußen hörte man die Menschen auf dem Rathausplatz. Es mussten tausende sein.

Obwohl Arthur mittlerweile medienerprobt war, war er doch ziemlich nervös. Es waren viele Leute anwesend, doch außer Lucy, ihrem Fotografen Lorenzo und Arthurs Mutter, die er hatte abholen lassen, kannte er niemanden. Er begrüßte sie mit einem Kuss, und sie lächelte abwesend. Arthur fragte sich, ob sie überhaupt wusste, weshalb sie hier war.

Nach ein paar Minuten trat die Oberbürgermeisterin vor ein Mikrofon und hielt die Laudatio. Arthur versuchte aufmerksam zuzuhören, doch vor lauter Aufregung bekam er so gut wie gar nichts mit.

Nur einzelne Wortfetzen nahm er wahr, wie „...Sohn der Stadt..." oder „...wahre Freiheit...". Dann so etwas wie „...friedlicher Protest..." und „...immer bescheiden geblieben..."

Als sich während des Beifalls alle Augen auf ihn richteten, wusste er, dass er jetzt nach vorne gehen musste.
Arthur bekam eine Urkunde überreicht. Wieder Klatschen. Er bedankte sich und betonte immer wieder, wie geehrt er sich fühlte.
Nun ja, Arthur war kein großer Redner. Glücklicherweise schien das auch niemand erwartet zu haben, denn nach seinen wenigen Sätzen wurde höflich applaudiert.
Als er dachte, dass nun alles überstanden sei, bat ihn die Oberbürgermeisterin, auf den Balkon zu gehen und den Menschen zu winken. Noch ehe er antworten konnte, wurde er sanft hinausgeschoben.

In dem Moment, als er den Balkon betrat, schrien Tausende von Menschen. Es entstand eine Druckwelle aus Energie, die Arthur fast wegkatapultierte. Es war unglaublich. Unglaublicher als alles, was er je erlebt hatte.
Mit offenem Mund starrte er auf einen Platz voller Menschen mit roten Clownsnasen. Sie sangen, sie klatschten, sie feierten.
Sprachlos schaute er zu Lucy und sah, dass sie ebenso überwältigt war wie er.
Dann reichte ihm irgendjemand ein Mikrofon, und plötzlich wurde es ganz leise. Alle wollten hören, was er zu sagen hatte.
Arthur war noch immer so fassungslos, dass er keinen Ton herausbrachte. Er schluckte, holte Luft und schaffte genau ein Wort: „Danke."

Die Menge jubelte los und verursachte einen Ohren betäubenden Lärm. Die Oberbürgermeisterin gratulierte ihm zu seiner großartigen Rede. Sie schüttelte lange Arthurs Hand und achtete darauf, dass sie gut zur Kamera stand. Dann verschwanden alle wieder im Kaisersaal.
Arthur hoffte, dass jetzt alles vorüber war, doch die Menge verlangte mit lauten Sprechchören immer wieder nach ihm.
Insgesamt musste er sich noch viermal zeigen, bis die Oberbürgermeisterin entschied, dass es jetzt genug sei und man zur Feier in den Zirkus aufbrechen solle.

Die Abfahrt der Limousine gestaltete sich ähnlich chaotisch wie die Ankunft. Als sie aus dem größten Getümmel draußen waren, wurde es ruhig im Auto. Man hörte nur noch das leise Surren vieler Zylinder unter der Motorhaube, sonst nichts.
Lucy nahm Arthurs Hand und schaute ihn an. Er erwiderte ihren Blick. Beide entdeckten Müdigkeit im Gesicht des anderen. Sie wären jetzt gerne alleine geblieben, doch daran war nicht zu denken.

Sie fuhren vor dem Zirkus vor. Die Wagentür wurde geöffnet, und der Zirkusdirektor empfing Arthur freundlich.
Das Vorzelt war voller Kinder mit roten Clownsnasen. Es gab Saft, Kakao, Waffeln, Schokolade, Zuckerwatte und Popcorn, soviel jedes Kind wollte.
Arthur wurde in das Hauptzelt geführt und nahm in einer Ehrenloge Platz. Lucy lächelte ihn an.

„Schau dich um, Arthur, das alles sind deine Gäste."
Arthur hatte überhaupt noch nicht registriert, wer mit ihm in der Loge saß, doch jetzt blickte er sich um.
Direkt hinter ihm saß seine Mutter, die vor ihm eingetroffen war. Sie wirkte jetzt viel wacher als vorhin im Rathaus. Liebevoll und ein wenig stolz schaute sie ihren Sohn an.
Dann war da Dr. Weber, sein Anwalt. Daneben saß ein dicker Mann mit Glatze.
Lucy flüsterte, das sei Herr Winkler von der Kautschuk GmbH. Arthur kannte ihn nur vom Telefon.
Einen Stuhl weiter hatte die Oberbürgermeisterin bereits Platz genommen. Dann kamen die Familie Seifert aus seinem Haus und der alte Mann vom Kiosk, bei dem Arthur nie seine Zeitung bezahlen musste. Und schließlich, Arthur traute seinen Augen nicht, saßen da noch Wilhelm Cremer, Thilo Teich und Maria Leitner, seine ehemaligen Kollegen. Sie winkten ihm freundlich zu, und Cremer rang sich sogar zu einem versöhnlichen Lächeln durch.
Alle, aber auch wirklich alle trugen rote Clownsnasen, gesponsert von der Kautschuk GmbH.
Arthur drehte sich zu Lucy.
„Woher weißt du…"
„Du vergisst, dass ich Reporterin bin."
Bevor er etwas sagen konnte, wurde es plötzlich dunkel im Zelt. Nur noch die Manege war beleuchtet. Die Kapelle begann zu spielen, und der Zirkusdirektor hielt eine Begrüßungsrede, die an Arthur gerichtet war.

Er bedankte sich auch im Namen der Kinder, die aus zwei Waisenhäusern eingeladen worden waren. Das alles hatte Lucy arrangiert.

Dann begann die Vorstellung. Eine Seiltänzerin machte den Auftakt. Als sie auf dem dünnen hoch gespannten Seil ihre Kunststücke vorführte, spürte Arthur, wie die Kinder den Atem anhielten.
Als nächstes kam ein Jongleur. Er stellte sich in die Mitte der Manege und jonglierte mit drei verschiedenfarbigen Kegeln.
Während er sie gekonnt durch die Luft wirbeln ließ, warf ihm eine Assistentin nacheinander noch weitere zu, die er dann in den bunten Reigen der fliegenden Kegel mit aufnahm.
Es sah so einfach, leicht und elegant aus. Irgendwann flogen so viele Kegel durch die Luft, dass sich hörbares Staunen im Zelt breit machte.

Nachdem der Jongleur mit tosendem Beifall verabschiedet worden war, gingen alle Lichter im Zelt aus. Nur ein einziger Scheinwerfer zauberte einen weißen Punkt in die Mitte der Manege.
Nach einem kurzen Moment trat ein kleiner Mann in den Lichtkegel. Schüchtern fast, doch alle Blicke auf sich ziehend. Obwohl er einfach nur da stand und nichts tat, begannen die Kinder zu lachen.
Mit seiner riesigen gepunkteten Fliege, dem roten Haarkranz, den zu weiten Hosen, die von bunten Hosenträgern gehalten wurden, und den großen Schuhen war er ein Clown wie aus einem Bilderbuch.

In kleinen Schritten ging er ganz langsam zur Ehrenloge. Der weiße Lichtkegel folgte ihm, bis er auch Arthur in der ersten Reihe der Loge erfasste.
Der Clown blieb stehen und schaute Arthur in die Augen. Der Lichtkreis umfasste jetzt nur diese beiden Männer und vereinte sie auf magische Weise. Im Zelt war es nun ganz still.
Dann verbeugte sich der Clown vor Arthur. Es war das ganz persönliche Dankeschön des Zirkusclowns. Eine stille, tiefe Verehrung für Arthur, der in den zurückliegenden Wochen die Herzen so vieler Menschen erreicht hatte.
Danach begann die Nummer.

Der Clown versuchte zu fliegen, indem er wieder und wieder an seiner Fliege drehte wie an einem Flugzeugpropeller und von einem Tisch sprang. Selbstverständlich endeten diese Flugversuche immer in wilden Stürzen mit vielen Purzelbäumen.
Die Kinder brüllten vor Lachen. Danach ging er zur Ehrenloge. Er begrüßte die Oberbürgermeisterin und spritzte sie durch eine große Plastikblume in seinem Knopfloch nass. Die Kinder stampften mit den Füßen auf den Boden vor Freude, und die Politikerin kostete es nicht viel Mühe, mitlachen zu können.

Als nächstes lief der Clown zurück in die Manege und tat so, als müsse er jetzt wegen seiner Unverschämtheit ganz schnell fliehen. Hektisch packte er seinen Koffer, und das führte natürlich zu einem totalen Durcheinander.

Der Koffer war viel zu voll, und der Deckel ging nicht zu. Der Clown stieg wieder auf den Tisch und warf sich auf den Koffer, um den Deckel schließen zu können.
Beim dritten Versuch sprang er versehentlich in den Koffer, woraufhin sich der Deckel sofort schloss und der Clown gefangen war.
Die Kinder waren kaum mehr zu halten. Lucy schaute ins Publikum und freute sich über die grenzenlose Begeisterung der Kinder.
Dann blickte sie zu Arthur. Was sie sah, sollte sie den Rest ihres Lebens nicht mehr vergessen.

Arthur saß auf seinem Stuhl. Sein Körper wippte unmerklich. Der Mund war weit aufgerissen. Speichel lief über das Kinn. Ein Bach von Tränen floss beide Wangen herunter. Er sah aus, als hätte er unendliche Schmerzen.
„Oh Gott, Arthur, was ist mit dir?"
Arthur antwortete nicht. Völlig außer sich sprang Lucy auf. Sie schüttelte ihn, schrie ihn an.
„Arthur! Arthur, bitte…"
Und dann merkte sie es. Sie sah es an seinen Augen. Arthur lachte. Er lachte, als wollte er damit eine innere Tür aus Stein durchbrechen. Er lachte den ganzen Schutt seines Lebens weg.
Es war kein leichtes Lachen. Es war ein Kraftakt. Es tat weh, und doch war es das schönste Lachen auf Erden.
Es war eine Geburt. Schmerzhaft und befreiend zugleich. Die Geburt des neuen Arthur Hoffmann.

Lucy nahm seine Hand. Sie wusste, dass sie ihn nie wieder loslassen würde.
Er hat es geschafft, dachte sie.
Jetzt hatte er es endlich geschafft.

Alexander Ludwig wurde 1969 in Wiesbaden geboren. Als Werbetexter hat er viele national und international bekannte Werbekampagnen kreiert. „Die seltsame Wandlung des Arthur Hoffmann“ ist sein erster Roman. Alexander Ludwig ist verheiratet und lebt in Frankfurt am Main.

Danksagung

Besonderer Dank gilt Ulli Zahn, meiner lieben Freundin, die mir mit ihrer Ruhe, ihrem Verstand und ihrer endlosen Hilfsbereitschaft zur Seite stand.
Es ist ein großes Glück, wenn man Benjamin Lommel als seinen Freund bezeichnen darf. Ihm ist die Gestaltung des Covers zu verdanken.
Meine geliebte Frau Karin inspiriert, motiviert, tröstet, schenkt Liebe und Glück. Ohne sie gäbe es keine Geschichten zu erzählen.